どろろ 上

原作／手塚治虫
NAKA 雅 MURA

朝日文庫

どろろ・上　目次

序　9
第一章『百鬼丸』　15
第二章『どろろ』　129

どろろ・下　目次

第三章『景光』
第四章『国境』
結

どろろ　上

天国と地獄の合間——

序

世界が、赤かった。

土も、草も、風も、気配も——見渡されるかぎりの全てが赤かった。

血にまみれた屍《しかばね》。

血のような夕光に染め上げられた数え切れないほどの屍。

屍のように地平に横たわる巨大な日輪。

赤い世界。

男はその只中を耐え難いほどに重い甲冑《かっちゅう》をまとい、さ迷っていた。

男は自らの名を忘れていた。

思い出したいとも思わなかった。

そこここに折り重なっている幾千とも幾万とも知れぬ屍の一つ一つに、生み育てた親というものがあり、その親が心をこめてつけた名があるなどとは思いたくなかった。

あたりには『蛇の巻きついた剣』と『北斗を仰ぐ蜈蚣《むかで》』の二つの旗が伏し、ひしゃげ、かろうじて傾《かし》ぎ立ち、朦朧《もうろう》となびいていたが、その二つの旗のいずれの側に自らの身を置き、もう一方を敵《かたき》と見て戦っていたのか、男は定かにしたいとは思わなかった。

一体、何のためにどうして戦が起こったのか、そこが何処《どこ》の国であり今がいつの世であるのか、そのようなことはもう男には何の意味もなかった。その時の男に感じられたのは、ただ一切が昏《く》れゆく中に、今、自分はある——それだけのことだった。

やがて、男の足が止まった。

重い甲冑を、それ以上運べなくなった。

そうして目の前が昏《くら》くなり、世界は赤くあることをやめた。

恐ろしさはなかった。

あたりが騒がしかった先ほどまでは、幾ら叫んでも物足りぬ、物足りぬ、物足りぬと、間断なく心が訴え続けるほどに死ぬことが恐ろしかったが、その時の男には、もう死は当たり前に迎え入れるべきことのようにしか感じられなくなっていた。

(……こんなことの、一体何が恐ろしかったのか?)

世界が静かになり、男は穏やかな安らぎを覚えた。

名もなき屍どもの上に倒れ伏し、微《かす》かな笑みさえ湛《たた》えそうになった。

ああ、体が重くない。世界が赤くない——穏やかに、穏やかに、穏やかに、静かだ。

このまま永久《とこしえ》の眠りにつけるとは、何としみじみ幸いめいて感じられることだろう。

男がそう思った——その時。

世界が再びざわめきはじめた。

（……戦の音？）

一塊になった無数の兵達《つわもの》の怒号と、そこここでせわしく交わる白刃の悲鳴と、折に轟《とどろ》く火薬の炸裂が、四方八方《よもやも》から沸き上がってきた。

（……戦の音）

心の奥底から、火よりも熱く、氷よりも冷たい震えが、ざわざわと立ち上ってきた。

（……どうして？　終わったはずだろう？）

男は心のうちで、何処か子供のような口調で洩《も》らした。

（……嫌だ）

恐ろしかった。

（……もう嫌だ）

どうしようもなく、恐ろしさがぶり返してきた。

（……やめてくれ）

男は何よりも、目を開けることが恐ろしかった。

（……嫌だ、嫌だ、嫌だ）

だが、どうしても目を開けずにはいられなかった。

男が微かに瞼《まぶた》を開くと、その毛筋ほどの隙間から、赤い何ごとかが流れ込んできた。

(……赤い)

そして雪崩のように一気に押し寄せて来た戦の音が、男の目を否応なくこじ開けた。

(……嘘だと言ってくれ)

兵達は再び修羅の形相で斬り結びあっていた。斬られても、斬られても、斬られても、倒れ伏さぬ身となりながら、一面の赤の中で、尚《なお》も一面の争いを繰り広げていた。

(……死んだのに、まだ?)

あたりには兵達と同じ顔をした屍が転がり、その肉を禿鷲《はげわし》や鴉《からす》らが貪《むさぼ》っていた。

また男の傍らには、男自身の屍も力なく転がっていた。

(……いつまで、やるつもりだ?)

兵達の彼方にはなだらかな丘が続き、その尾根沿いに国境《くにざかい》を刻む高さ三間もの板塀がどこまでも連なり立っていた。『蛇』と『蜈蚣』の御霊《みたま》達はところどころ打ち壊されたその塀の麓で、己《おのれ》が死んだことなどまるで忘れたかのように刃を振るいあっていた。

(……死んでも、互いを斬り裂きあうのか? 果てしなく?)

そうして、恐ろしさに激しく震えた男の心のさらに奥底から、険しく白んだ何ごとかが突き上がってきた。

（……もう、こんなものは人の世ではない）

その白んだ何ごとかに支配されてゆき、鷲づかみにされた雑草のように、男の正気が根元から毟《むし》り取られはじめた。

（……魔の、世界だ）

男は何ごとか、斬り合いの彼方から得体の知れぬ者の高笑いを聞いたような気がした。

（……魔物の）

男は誰に訴えるでもなく、錯乱の叫びを全霊から吐き出した。

＊

——その夜、闇の中で、一つの契《ちぎ》りが交わされた。

光と影、この愛と憎の物語を生み出した契りが、密《ひそ》かに。

第一章　『百鬼丸』

一

不毛の荒野の一角に、険しい笑い声の絶えぬ街があった。

世が戦乱に満ち満ち、明日の命も知れぬ次第となって尚、刹那《せつな》の享楽を求めて無頼の輩《やから》達が群れ来《きた》る賭博《とばく》と色の街——否、その街はむしろ世が戦乱に満ちるようになってから、より一層の活気を見せるようになっていたと言ってよかった。

それは戦いに火薬という物が用いられるようになってまだ間もない頃、見ず知らずの敵が目前で血を流し、その返り血を浴びながら勝敗を決する他なかった最後の頃のこと。その戦の大半がそれぞれの手足の届く範囲で交わされるしかないものであった折には、その歴史もまた生き残ったもの達の耳目の届く範囲でのみ語られるしかなかった。

一つの戦が周囲に怯《おび》えや恐れを芽生えさせ、しかし、誇りがそれらを押し隠し、だが、押し隠そうとも、やはり怯えや恐れに追い立てられて、自らに義と誉れを冠して先手を打ちにゆく。先手を打たれた側は、攻め寄せてきたものらを邪《よこしま》と見なして、敵以上の義と誉れを冠して迎え討ち、そうして交わされた戦がいずれの側の勝利に終わろうとも、そもそもの基《もとい》であった一つ目の戦の火蓋が切って落とされた理由など、もはや輝かしき義と誉れの陰で、もののついでに語られることとなるばかり——。

様々に語られたその乱世が如何《いか》にしてはじまったのか、実のところは確《しか》とは解らない。

よしや、顚末《てんまつ》の一切を正しく語り得るものがあったとしても、その語りを聞いて、事実に反すると怒りを顕《あら》わにするものも数多く出ることだろう。

戦があった。

ただただ戦があった。

戦が戦を呼び、重ねて、重ねて、重ねて戦があった。

さような乱世の中で二人はどのように生きたのか――ここで語ることが出来るのは、ただそればかりだ。

不毛の荒野の一角に、険しい笑い声の途絶えぬ街があった。

その、ある冬の晩のこと。

どろろと百鬼丸《ひゃっきまる》があった。

だが、その時、どろろはまだ『どろろ』とは名乗っていなかった。

まだ、百鬼丸と出会っていなかったからだ。

また、その時、百鬼丸もまだ『百鬼丸』とは名乗っていなかった。

まだ、どろろと巡り会っていなかったからである。

＊

雪雷《ゆきがみなり》――。

と、その地で呼ばれる雷鳴が、遠くから微《かす》かに鳴り響いた。

雪が降る前に轟《とどろ》く、稲光を伴わない響きばかりの雷である。

どろろはその鈍い轟きを耳に覚えながら、射るようにあたりを見渡していた。

病んだ賑わい――その中を行き交うもの達は、あたりの灯りと景気の良い声々に心を奪われ、誰も頭上の轟きには気づいていないようだった。

どろろは通りと通りをつなぐ路地の一隅にうずくまっていた。が、地べたというよりはむしろ独り、雪雷の轟くところ――街を見下ろす闇の中から、密かにその夜の獲物を見繕っていた。

その街にいるのは、刹那の享楽に笑うもの達だけではなかった。哀れなもの達も多く犇《ひしめ》いていた。通りのそこここに寒風吹き抜けるままの檻《おり》の如《ごと》き格子があり、その中には見せるべきを見せ、隠すべきを巧みに隠した娼婦《しょうふ》や男娼《だんしょう》らの姿があり、時には酷《ひど》く幼く映るものも混じっていた。また酒屋の軒先や屋台には、捌《さば》かれ焼かれた牛馬の屍《しかばね》が濃厚な匂いを発して並んでいた。

戦に巻き込まれた村々では、家族や牛馬を売らねば生きてゆけぬものが数多《あまた》あった。その街で売られていた女や子、獣の肉などは、大半がそうした出のもの達であった。

その頃の民らにとって、戦とは、否応もなく降って湧いて来る災難でしかなかった。全く与《あずか》り知らぬところで国同士の交渉があり、その決裂があり、そして突然、蝗《いなご》の群れが飛び来るが如く理不尽に押し寄せて来る――戦とは、どこまでもそうしたものでしかなかった。

無論、戦とは人が起こすものであり、ただ通り過ぎてゆくのを待つしかない天災とは、まるで話が違う。しかし、人々はある日に突然、理不尽にやって来たものは、やはり、いつか突然に去ってゆくものだと思いたがった。蝗の如き兵《つわもの》達に居座られた村の中で、反旗を翻して立ち上がるものがまれに出ようと、また村ぐるみで立ち上がったところが出たと風の噂に聞こうとも、その次に来たものが血であったなら、やはり人々は勝手に風向きが変わってくれることを期待して待ちたがった。

一揆――というのは、数多の村から同時に爆発するしか成功のしようのないものだ。その爆発の時はまだ来ていなかった。民らは勇み足に踏み出て散ってしまったもの達を痛ましく見やりながら、あともうしばらく待っていれば助かったかも知れないものを、と自らに説き聞かせ続け、家族や牛馬を売り、苦しい日々を生き延びていたのだ。

売られた哀れなもの達。

売った側とて深く哀れではあったが、それ以上に哀れなもの達。

それらの姿を見て、どろろは——全く同情を覚えようとしなかった。

（ケッ。何、大人しくチンマリ座ってやがんでえ。そのカンザシで見張りのチンピラの目ン玉ブッ刺して、ケツまくって突っ走りゃいいだろが。街出て荒地まで行きゃ、虫の子だって草の根だって食うもんなんかいくらでもあらァ。汁すすって大人しくしてやがるなンざ、てめえで好き好んでやってるだけのこった——何が気の毒なもんかイ）

その頃、こうした街は何処の国にも二つや三つは必ずあった。貧しいもの達が家族を売りはらえる場所、村を失ったもの達が流れ着く場所があった方が、国の安定が保たれ易かったからである。

村を失ったもの達が流れ着く——その街に群れ、博打《ばくち》を打ち、女を買い、酒を飲み、肉を喰らっていたのは、平時からヤクザものだった連中ばかりではなかった。そのため、悪ぶった笑みを浮かべて女郎を品定めし、下卑た言葉の一つも吐いて選んでおきながら、目を泣き腫《は》らして女を抱かぬままに店を出て来るような一幕なども、度々《たびたび》に見られた。

努めて憂さ晴らしに励んでみたところで、晴らせるのはやはり浮世の憂さほどのもの。世の悲惨はもっと深く、どろろは——それらの涙にも同情を覚えようとはしなかった。

（ったく、ロクな器も持ってやがらねえくせにツッパってんじゃねえって、小物どもが。そんなこって、このシャバ生き抜いてけると思ってやンのかい、笑わせせんじゃねえや！）

酷く汚れ擦り切れたどろろの服の懐《ふところ》には、鞘《さや》と柄《つか》が巧みな寄木細工で作られた小刀が秘められてあった。

その鞘の中に収まっているのが、どろろの『爪』だ。

どろろは心の中で鋭くその爪を研ぎながら、その夜の獲物を見定めた。

傍らを通り過ぎていったチンピラ四人組。

先頭をゆく熊皮を羽織ったデブが頭《かしら》らしいが、あの列の組み方と言葉遣い——さては、どうやら徒党を組んで日が浅えらしい。場合によっちゃ、昨日や今日の関係か？　大方、熊公が博打か何かで羽振りのいいトコ当てて、雑魚どもが群がって来てるってえな塩梅《あんばい》かね。間違いねえ。あのツキノワ熊——小金持ってやがる。

どろろはツキノワ熊と雑魚どもを見送り、猫のような笑みを浮かべて立ち上がった。

大した天下の大泥棒もあったものである。その夜の狙《ねら》いは、のろまな熊が幸運にも掘り当てた蜂蜜ほどのものだった。

どろろは熊公らとの間合いを計り、やがて駆け出し、こう叫んだ。

「やべえぞ、逃げろッ！」

すわ何事か、と熊達が振り返った瞬間、どろろはその懐から巾着をすり取り、一同の脇を駆け抜けていった。

「何だっ!?　何でえっ!?」

熊達は背後から一体何が追いかけてくるかと身構え、それぞれにあたりを見渡したが、何も追いかけては来なかった。

「何でぇ……？」

と、熊は冷や汗に湿りかかった腋《わき》を掻《か》こうとして、ようやく——。

「……あれっ？　ねえっ！　嘘っ!?　金がねえッ!?」

「俺もだ!?」

「あのアマか!?」

「ンの野郎ッ！」

熊達は気色ばんで一斉に駆け出したが、どろろの逃げ足は実に目を瞠《みは》るほどのものがあった。酔っぱらって千鳥足にさ迷うものらが犇く通りを、どろろは野生の獣のようにするすると巧みに駆け抜けていった——その己《おのれ》の身の切れ味を、自画自賛に讃《たた》えながら。

（いよう、見ろよ凄《すげ》えぜ、奴ァ猫か、鹿か、はたまたハヤブサか!?　ったく、華麗にもほどがありやがんぜ、まさに天下の大泥棒、つくづく見惚れっちまわ、ようようようッ！）

「どっけ、この野郎っ!?」

「追えっ！　捕まえろーッ！」

熊達は夜道を行き交う千鳥達を掻き分け、突き飛ばし、なぎ倒して、真直ぐにどろろを追いかけたが、見え隠れするその姿は遠のくばかり。挙句に見るからに体の重そうな熊公は、腕の力には覚えがありそうでも、やはりどうにもこうにも脚が遅い。熊は雑魚どもの背を見送るに至り、息を切らせながらそれでも必死に、

「捕まーっ！　金ーっ！　分けーっ！　頼ーっ！」

「待ちゃあがれ、このアマーッ！」

どろろは追いすがって来る雑魚どもを振り返り見、言い放った。

「誰が待つかい、雑魚につかまるハヤブサなんざ聞いたことがねえよ！　シャケが熊にくっついてどうするつもりでえ!?　そこいらの砂利チャッチャと掘って、卵でも産んどきやがれ馬ァ鹿！」

その時、どろろが幾つくらいの年頃であったのか、確かなところは解らない。

ただ、女であることは間違いなく、そして見ようによっては別嬪《べっぴん》とも称されるだけの容姿にも恵まれていたのだが、しかし、どろろに心奪われる男はなく、齢《よわい》の頃は誰の目にも解り難かった。或《あ》いは、ぼんやりと黙って座ってでもいれば、嫁入りをしていてもおかしくない年頃の娘に見えたかも知れないが、いかんせん立ち居振る舞いや言葉遣いが、いいとこ十歳ほどの男——それも悪ガキのもの。好きな言葉は、と問われれば、

「天下」

「うんこ」

などと、即座かつ手短に答えるような、なかなかのツワモノであったのだ。

＊

一方、その頃、かつての街の中心部にあった酒場では、おこぼれを狙う小雀のような風情の手相見が、卓から卓へと渡り歩いていた。

「手相を見ていらんか？」

その街は元々、異国異教の岩窟寺院と、巡礼用の門前町として開けたところであったという――それが弾圧を受けて寺院が廃れ、門前町だけが残ったところに、折り良くか悪しくか、群雄と称される野蛮な輩どもが割拠する時節を迎えたために、平時であれば受けるはずの取り締まりが緩み、女郎屋や博打の鉄火場が野放しに欲の蔓《つる》を伸ばせることとなったのだ。

酒場は、その異教の寺院を改築して営まれていたものだった。

「どうじゃ、手相を見ていらんか？　よく当たるよ」

手相見は夜毎《よごと》に店を変えながら、客達にそう声をかけて回っていた。

「色々知っておいて損はない。敵を知り、己を知れば、百戦危うからず――どうじゃ？」

しかし、神も仏もあるものか、この地獄の世で生き残れるのは腕っ節の強え野郎か、たまたまの幸運に恵まれた奴だけだ、などと思って生きている輩が多い中、今さら自分の寿命やら天分やらを知りたいと思うものも少なく、手相見は次から次へと卓から追いやられていた。

「ああ、解った解った。そんなに乱暴にせんでもよかろうに」

中には手相を見ようにも、手そのものを肩から丸ごと失ってしまっているものもあり、

「ああ、すまんすまん。こりゃ、すまん」

そして、手相見はやがて——店の片隅、とりわけ暗い壁際の卓に独りぼそりと座っていた若い男の元に行きあたった。

「どうだい、兄さん？　手相は見ていらんか？」

あたりには騒々しい楽の音が満ち満ちていた。

店の奥に舞台があった。往時には異教の神像だか仏像だかでも祀《まつ》られてあったか、と思われるような床よりも一段高くなったところがあり、今はそこを舞台として、異国風の奇妙な刺青《いれずみ》を体中にまとった男達が楽器を掻き鳴らし、胸乳《むなち》を顕わにした女達が笑い、踊っていた。

もはや、笑うしかない——そんな風に、女達は踊りながら笑っていた。

家族を失い、生まれ育った村も失い、ならばいっそ己も死んでしまえば良かったものを生き延びてしまい、そうして別段、生きて何をしたい訳でもないのに、まだ死にたくなく思って、死屍累々《ししるいるい》の只中で股を開き胸を揺すって踊っている。その我が身はもはや

──笑うしかない。

そんな熱く濁った気配の漲《みなぎ》る一隅で若い男は黒衣をまとい、面《おもて》を伏して貌《かお》を闇に紛れさせていた。手相見は、その若い男を一見して思った。

(何だい、鴉《からす》の亡骸《なきがら》みたいな野郎だね?)

若い男が着ていたのは恐らく元は異国の外套のようなものだったのだろうが、その元の形が判らないほどに至るところが酷く破れ、その破れが乱雑に縫われてあった。違う布地で継ぎを当てたような跡はなく、ただ破れたところをかがっただけで、しかもそのかがり方の荒っぽさたるや、破れを目立たせないようにといった気配りがあるようには到底思われなかった。

(まあ、そりゃ洒落《しゃれ》た真似なんぞしてられるような時勢でもなく、もうちょっとましな服でも着りゃどうだいとは言わないが、縫うんならも少しキチンと縫わねえと隙間風が入って寒くてしょうがねえだろに。これじゃ破れたところが垂れ下がって引きずらねえようにとか、体を隠すだとか、そんくらいしか意味がねえやな)

若い男の体をすっぽり覆っていた黒衣は、その中にある体の形が見てとり難いほどに乱れていた。その乱れぶりが手相見に、羽毛をほつれさせ、身を捻《ね》じ曲げ、ぱっと見には内の骨格がどうなっているのか判別し難い、路傍に転がる鴉の亡骸を連想させたのだ。

(こりゃあ、金持ってないだろうねえ)

そう思ったが、黒衣の男は手相見の誘いに答えることもせぬ代わりに、彼を追いやることもしなかった。

「ま、お代は見てのお帰りでもいいさ。ささ、ちょいとお手を拝借」

と、手相見は黒衣の男の手を取り、間もなく——その目を不審にしばたかせた。

「……何だい、こりゃ?」

手相見の顔が訝《いぶか》しげに曇り、その上に戸惑いと怖れが浮き上がってきた。

「お前、こりゃ、とっくに………………死んでんじゃねえのか?」

次の瞬間、黒衣の男がぴくりと動いた。

何事かに、鋭く反応した。

追って、客達の歓声が沸いた——舞台奥の幕を翻し、豪奢《ごうしゃ》な衣の裾から白い脚を覗かせて、奇怪な面をかぶった歌姫が現われたのだ。

その脚の美しさ、艶《なまめ》かしさ。

その街はおろか、どこの都に行きどれだけ女郎屋を巡り歩こうとも、これだけの肌理《きめ》や曲線美にはお目にかかれまい。そう思わせられるほどの極上品を見せつけられ、酒場の男達は狂ったように口々に叫んだ。

「今夜は俺だ！」

「俺を指差してくれ！」

毎晩、客の中から独りが歌姫に指差され、共に臥所《ふしど》へと消えてゆく――その臥所から還り、歌姫の味を語って聞かせたものは一人としていなかったが、それでも男達は夜毎に押し寄せた。怪しい、と思いながらやって来る男も中にはあったが、そうしたものらの眼さえも眩《くら》ませる魔性めいた力が、その二本の艶かしい脚にはあった。

「こっちだ！　こっちを向け！」

「てめえの方が離れらンなくしてやるぜ！」

しかし、その晩、新たな犠牲は出ずにすんだ――手相に死を刻んだ男が、鴉の亡骸の如き黒衣を自ら引き破るようかなぐり捨て、突如、舞台に向かって駆け出したからだ。

その時、手相見は、金色《こんじき》の錨《いかり》の柄を見た。

若い男が黒衣の下に着ていたのも黒地の服だったが、その表には年季を帯びながらも、しかし尚、上品な艶《つや》があった。絹か。そして、そのそここに金色の――錨の柄が。

黒衣の男は近くの卓を足がかりに、舞台をめがけて宙に跳んだ。そして右手で左腕をつかみ、その肘《ひじ》から先を力まかせに引きちぎり、ギラリ、と白刃を照り映えさせた！肘から先が白刃、ちぎられた腕は鞘——体の中に仕込み刀を隠し持っていたのだ。照り映えた刀身には、『百鬼丸』と銘が彫られてあったが、そこにいた誰一人として、それに気づくものはなかった。

黒衣の男——百鬼丸は、舞台に降り立つや左腕の白刃を歌姫に向けて鋭く振るった。歌姫は『百鬼丸』が抜き放たれた瞬間、その気配を察知したように身構え、皮一枚のところで、その鋭い切っ先を避けかわした。が、仮面は二つに断ち割られ、その下から木乃伊《みいら》のような、あの艶かしい美脚には如何にも似つかわしくない、奇怪に老いた男の顔が顕わとされた。

一方、抜き捨てられた左腕は舞台の上に叩きつけられ、まるで陸に投げ出された魚のように、或いは身から切り離された蜥蜴《とかげ》の尻尾のように、バタバタともがき激しくのたうち回りはじめた。呼吸が出来ぬよう、このままでは死んでしまうと悶《もだ》え苦しむように、それ自身が一つの命であるかの如く、放り出された左腕は激しく暴れ狂っていた。

絶句したように楽の音が止み、間もなく踊り子の悲鳴がそれに取って代わった。その耳障りな叫びの中で、歌姫は獣が牙《きば》を剝《む》くよう全身の姿を変貌させた。

歌姫は体のそこここを破って剛毛の生えた奇怪な節足をせり出させ、艶かしい二本の脚を裂いて屈強な鋏の爪を飛び出させた！

そして傍らで固まっていた踊り子の首を叫ぶ間もなくもぎ取り、百鬼丸に投げつけ、客達の中へと飛び込んだ！

踊り子の首をなぎ払い、歌姫を追う百鬼丸！

叫び、一斉に店の外へと逃げ出す無頼の客達――！

＊

その騒ぎを、どろろは行く手に認めた。

客や女中、果ては用心棒と思しきもの達までが、酒場から叫び駆け出してきた。どろろは天からの助け、と、その騒ぎの最中《さなか》に飛び込んだ。そうして、どうやら騒ぎは火事の類によるものではないらしいと見て取るや、その人の流れに逆らって、店の中へ身を捻じ込んだ。

追いかけて来た雑魚どもは、どうやら人の流れに乗ったか、ともあれ何処かへ去って行ったらしい。どろろは店の一隅の棚陰からその静けさを確かめ、また猫のような笑みを顔中に広げて、「へっへっへ」と笑いながら、スッた巾着の中身を勘定しはじめた。

――その時。

……ごとり。

と、店の奥の方から、鈍い音が聞こえた。

見やると、誰もいない静まり返った舞台の上で、一尺ばかりの何事かが蠢《うごめ》いていた。

その大きさと動く様から、どろろは、

（……魚か？）

と思ったが、それにしてもおかしな話だった。そこは砂漠と呼んでいいほどに涸《か》れた荒地の只中にある街、生簀《いけす》で活きた魚を抱える気の利いた店があるなんぞとは、ついぞ聞いたことがない。だが、魚じゃねえってえンなら一体なんでえ？　と、どろろは目をこらして——間もなく、息を呑んだ。

人の腕。男のものらしい左腕の肘から先が、薄闇の中で密かに苦しげにもがいていた。

（何でぇ。ありゃ一体何でぇ。人の腕だと？　や、待て。ブッた斬られて床に転がった腕がそんなに珍しいか？　馬鹿コケ、そんなものァ幾らも見てきた。なら、動く男の腕はどうだ？　いや、そりゃますます珍しくも何ともねえ。ンじゃあ、ブッた斬られて床に転がっときながら、そいでもまだ動いてやがる男の腕、こいつァどうだ？　そりゃあちょっと珍しい気もしやがんな。少なくとも、今までに見た覚えはねえ——や、待て待て。ありゃ本当に腕なのか？　腕だよな。どう見ても、腕だわ）

……ごとごとっ。

どろの心中にようやく寒気が立ち上ってきた——その直後。

天井の梁《はり》の陰から奇怪な姿をした化け物が、また柱の陰から若い男が飛び出して来て、乱れた卓や椅子をさらに蹴散らしながら、激しく刃を交わしはじめた！

どろはそれらを一瞥《いちべつ》して凍りついた。ともに見間違いようもなく、明らかに異形を呈していたからだ。

（何だ、カニ!? カニか!? いや、爺さん？ 何でカニが爺さんになったんだ？ いや、爺さんがカニになったのか？ 何でよ？ つうか、でけえな、おい!? けど、あの服と面——歌姫か？ まさか、あれが何ぞ評判の歌姫って奴か？ カニの体がウケたのか？ それとも爺イの顔の方が？ どっちにしても趣味悪過ぎだろ、そりゃ……!?）

百鬼丸と奇怪な歌姫は、壮絶、という言葉さえ超えた異常な戦いを繰り広げていた。

歌姫は重力を無視するが如くに敏捷《びんしょう》に這い跳んで、梁であろうが壁であろうが構わずにあらゆるところを駆けずり回り、片や百鬼丸は歌姫の鋭い鋏爪で身を貫かれようとも、死なぬどころか微かな苦しみさえ見せず、無表情に歌姫を追い続けていた。

（おい、ちょ待て、お前！ 今、ブッ刺されたろ!? ブッ刺されたろうがよ!? 左腕が刀——左腕？ あの床に転がって動いてやがんのは、アイツの腕なのか？）

そのどろろの憶測が正しかったことは、間もなく証された。

歌姫の鋏爪が百鬼丸の両腕をつかんで動きを封じ、鋭く伸びた牙で百鬼丸の喉に喰らいつこうとした時、百鬼丸は右腕を強く引いて、もう一本の刃を顕わにした――相手に刀の鞘を握らせて柄を引き白刃を抜くように、歌姫の鋏に右腕を残して、その身の中に仕込まれていたもう一本の刃をギラリと照り映えさせたのである。

そうして百鬼丸はその右腕の白刃で歌姫の喉を突き刺し、鋏爪が緩んだ刹那、素早く左の『百鬼丸』で歌姫の胴を一文字に斬り裂いた！

と、歌姫は、苦悶《くもん》に呻《うめ》きつつ幾歩か後ずさりして……その全身を爆発霧散させた！

四方八方、百鬼丸が、卓が、柱が、壁が、あたりの全てが歌姫の血に染めあげられた。どろろは、その一面が真っ赤に染まった光景に目を瞠ったが、その目は間を置くことなく、さらに見開かれることとなった。

あたり中に飛び散った血が、霧のように虚空に立ち上りはじめたのだ。

――幽《ゆう》。

と、山肌から霧の柱が幾筋もそそり立ち、棚引くように、歌姫の血潮は仄暗い虚空をするするとさ迷いはじめた。そうして妖しい渦を描き、百鬼丸の体、右脚のあたりに音もなく吸い込まれていったのである。

百鬼丸は依然、仮面のような無表情のまま、爆発霧散した歌姫から投げ出されて床に転がっていた右腕を、『百鬼丸』の切っ先で突き刺した——銛《もり》に射抜かれた魚のように持ち上げられた右腕は、尚、ビクビクと暴れながら、右肘から生えた白刃を包み、文字通りに元の鞘へと収められた。

すると、どろろの目がまたさらに見開かれることになった。

白刃を包んだ右腕の切断面が肘の方の切断面と触れ合うや、そこに白い泡が沸き立ち、その泡を介して見る見る溶け合い、腕は微かな傷跡さえ残さず、全く元の通りとなった。それは『百鬼丸』に突き刺された手首の方も、同様であった。その切っ先が抜かれるや、刺し傷に白い泡が立ち、元通りに綺麗に塞《ふさ》がってしまったのだ。戦いのあまりの激しさにそれまで気が付かなかったが、そう言えば鋏爪に貫かれた胴からも、血は全く滴っていなかった。恐らく、そちらも白い泡が湧いて塞がってしまったのだろう——。

それから百鬼丸は舞台へと向かい、今やぴくり、ぴくりと弱々しく痙攣《けいれん》するばかりとなっていた左腕をつかみ、『百鬼丸』の鞘と戻した。そうしてやはりその傷跡さえ残らぬようになると、全ての指が自由に動きだして、百鬼丸はどこからどう見ても、ただの青年としか映らぬ態《てい》となった。

どろろは、それら眼前にあった男の奇怪な一連の有様を、ただ呆然と眺めていた。

（……夢か？　何かおかしな幻でも見ちまったか？）

だが、そうではないことは、その脚の震えが表わしていた。

どろろの両脚は、いつの間にやらガクガクと震えてしまっていた。

「――おう、こら」

どろろは目の前の化け物野郎にそう言われたのかと思い、思わず身を強張《こわば》らせたが、しかし、その声はどろろの背後の方から聞こえて来ていた。

「この泥棒猫が、神妙にしやがれッ！」

どろろは背後からツキノワ熊の剛力に捻じり上げられた。

「やっぱり、ここにいやがったかい！　金返しやがれ、コン畜生！」

一人遅れて駆けつけて来たのろまの熊は、店の中からの物音を聞きつけ、もしや、と様子を見に入って来たらしい――どろろは焦った。

「馬ッ鹿、ふざけてんじゃねえ！　放っしゃがれ、クソ野郎っ！」

ツキノワ熊は巾着を探して、どろろの懐や裾元、胸や内腿を激しくまさぐった。その陵辱するが如き男の腕に、どろろの心が不意に真っ黒にたぎった。その腕に対する嫌悪の情が凶暴に閃《ひらめ》き、どろろは思うよりも早く熊の腕に噛みついた。

「痛ってぇーッ！」

熊の剛力が緩み、どろろはその腕を振り解《ほど》いて逃げようとしたが、その脚はその場に固められた。

あの化け物めいた男が、こちらを見て立っていた……そうして、

——めりっ。

という妙な音を立て、あり得ない方向に脚を折って、その場にどさりと崩れ落ちた。右の脚、その膝《ひざ》から下が斜め前に曲がって、腿からもぎ離されてしまったのである。

「なッ……!?」

その時に聞こえたのは骨が折れる音とも、肉が裂ける音とも違っていた。骨が折れたにしては柔らかく、肉が裂けたにしては固い、その丁度間ほどの音を立て、百鬼丸の膝は獣の後ろ脚のように逆にぐにゃりと曲がり、腿から外れ、ごとり、と床に倒れ臥した。

ツキノワ熊が百鬼丸に気づいたのは、そうして崩れ落ちた時のことだった。

と、百鬼丸が苦しみはじめた。

腕を引き抜こうと、身を貫かれようと、顔色一つ変えなかった男が、外れた膝あたりを両手で鷲《わし》づかみにし、その整った顔立ちを激しい苦悶に歪《ゆが》め、のたうち回りはじめた——が、声は全く発されなかった。絶叫するよう喉頸《のどくび》に太く血管を浮き立たせながら、しかし、微かな呻き一つさえ洩らさなかった。

（おい……？）

どろろは苦しみ悶える百鬼丸を呆然と見、沸々と湧いてくる戦慄に強張る一方、心のうちで、つい声をかけた。

（何だ。声が出ねえのか？　おめえ、喋《しゃべ》れねえのか？　大丈夫か？　痛えのか……!?）

そう思った時、どろろは——どこからか、微かに百鬼丸の叫び声を聞いた気がした。百鬼丸の方からでもあり、また自らのうちからでもあるような、奇妙などこかから。

「コイツ、錆岩《さびいわ》の……!?」

その熊の声に、どろろは我に返った。ツキノワ熊は床に転がった百鬼丸の脚を見て、

「義足だったのか……!?」と言いかかったが、その言葉半ばにまた絶句してしまった。

膝から外れた右脚が、今度は白く溶け崩れはじめた——傷口を塞いだ泡と同じものと思われる、柔らかな粘土か練った麦の粉のような白いものに、どろどろと溶け変わっていったのだ。

（骨にしちゃ柔らけえ音だったのは、こういう風に中から崩れて来てたからか……？）

その脚が白く形を失ってゆくに伴い、やがて、百鬼丸が鷲づかみにしていた膝あたりから、新しい脚が見る見るうちに生えて来た。苦しげに蠢く指先から、踵《かかと》、くるぶし、足首、脛《すね》——と、震えながら、軋《きし》みながら、悶えながら、新たな脚が生えてきた。

百鬼丸はさらに深く苦悶に叫んだ。声にならない声を振り絞った。まるで、その痛み苦しみの中から脚が生えて――否、生まれ出て来ているかのように。

(声。叫び声。聞こえる。コイツか？　やっぱ、コイツの叫び声なのか？　痛えのか？)

どろろは自らのうちから聞こえて来るような叫びに情けを覚え、その想いに吸い寄せられるよう、百鬼丸の方へ行きかかった。が、不意に――その苦悶の声が途絶えた。

(……？)

次いで百鬼丸の顔がゆっくりとほぐれていった、命を張って子を産み終えた女の如く、百鬼丸はぐったりと力尽きて横たわった。右脚はいつの間にやら完全に生え整っており、溶け崩れていった白いものは、ただの練り粉のように静かにそこにあった。

(……右脚？)

どろろは不意に思い返された。あの吹っ飛んだ化け物の血――宙に渦を巻いたのァ、確か、あの右脚に吸い込まれてってたはずだ。そんで右脚が外れて、新しく生えて……？

(こりゃあ、一体どういう話だ？　こいつ、化けモンの血肉をパクって、てめえの体に変えちまったってことか……!?)

と、ツキノワ熊が蒼褪《あおざ》め、身を護る呪文を唱えるように同じ言葉を繰り返しはじめた。

「何だコイツ、何だコイツ、何だコイツ……!?」

百鬼丸が、ゆっくりと立ち上がろうとしはじめた。

どろろはその場に脚を固められたままに、しかしギクリと警戒を覚え、反射的に寄木細工の『爪』を抜いて、その切っ先を百鬼丸に向けて構えた。

(……ヤベえか？　あの左腕の刃でブッた斬られるか？　コイツ、相当強えぞ……!?)

そうして百鬼丸が再び立ち上がり、そのうつむいていた顔が微かに持ち上げられると、長い乱れ髪の合間から歪んだ笑みが、チラ、と覗いた。

嘲笑《あざわら》っていた——恐らくは、自分自身を。

「何に、見える……？」

(何だ、コイツ喋れたのか……？)

百鬼丸は、右の目元に手をやった。

そして、力任せに——目玉を抉《えぐ》り出し、どろろ達に差し出して見せた。

今まで右の目玉のあったところには、虚《うつ》ろな昏《くら》い穴が穿《うが》たれてあった。

虚ろな、人の世の慕わしさの一切から切り離されたような、昏く、虚ろな穴が。

百鬼丸は問うた。

「お前らには……俺は一体、何に見える……!?」

どろろ達は息を呑み——叫んで、外へ逃げ出して行った。

＊

「おう、てめえちょっと待て！」

どろろは逃げ込んだ路地裏の樽の陰で、ツキノワ熊の襟首をつかんで言った。

「何だありゃ⁉　てめえ、錆岩がどうしたとか言ってやがったな……⁉」

錆岩というのは、その界隈で言えば、街外れにある賭場のことを指していた。

「おうよ……！　あすこの用心棒に、えれえ腕の立つ若造が入ったって話でよ……⁉」

「用心棒？」

「詳しか知らねえが、そこいらのチンピラが噂してやがるとこで、遠巻きに見たことが。

多分――確か、アイツだったと思うんだが」

「あすこに用心棒に入ったって、そりゃあいつ頃からでえ？」

「四、五日ほど前か……いや、詳しかァ知らねえが」

「俺がこの街に来たのと同じ頃かい……で？」

「で？　で、って何だ？」

「あの体ァ一体どうなってんだ？」

「知るかよ……！」

「ンじゃ――あの化けモン吹っ飛ばした左腕の刀、ありゃどういうモンなんでえ？」

「ば、化けモン？　吹っ飛ばした？　刀？」

「知ンねえのかよ？」

と、どろろは逃げて来た酒場の方をハッと見やった！

「――!?」

と、熊公が慌てて振り返ったところで、どろろはそのみぞおちに鋭く膝を叩き込んで気を失わせ、さらにとどめを刺すべく、手近にあった人頭大の石を拾い上げ、牡《おす》の股座《またぐら》めがけて振り落とした。

「知らねえンなら、もう寝てろや、馬ァ鹿……！」

そして、もののついでにツキノワの毛皮を剝《は》ぎ取り――再び酒場の方へ振り返った。

＊

その頃、百鬼丸は床に散らばった食い物を漁《あさ》っていた。

逃げ惑った人々が踏みつけたものを、手づかみにこそげ取り、貪《むさぼ》っていた。

這いつくばって、生きていた。

哀れな、悲壮の滲む様だった。

すると、見えぬ目で床を探っていたその指先に、冷たく固いものが触れた。

銅銭――騒ぎの中で誰かが落としていったのだろう、百鬼丸はそれを掻き集めだした。

やがて、百鬼丸は裏口から店の外に出、灯りのない暗い路地を歩きはじめた。

そこに、傍らに犬の屍を寝かせた老婆がうずくまっていた。

長らく可愛がっていたものだったのか、それとも孤独な身の上同士で出会い、しばし連れあっただけなのか、老婆は死んでから幾日も経っていそうな半ば乾いた犬の亡骸を撫でていた。老婆自身が捨てられた身であるのか、その街に流れ着くに到った道のりは解らなかったが、ともあれ、その老いた手は酷く病み、今にも力尽きようとしていた。

百鬼丸はその老婆を見下ろし、病んだ手に——先ほど掻き集めた銅銭を全て握らせた。

どろろはそれを物陰に潜みながら見やっていた。百鬼丸の姿を探して歩き、老婆の前に立ち止まったところで、例の乱れた黒衣を見つけたのである。

（あの野郎……!?）

銅銭を握らされた老婆は、一体自分の身に何が起こったのか、にわかには理解出来ぬように戸惑い、幾度も幾度も手の中にあるものを確かめた。そうして、ようやく事態を悟り、百鬼丸に礼を述べようとしたが、その後ろ姿はすでに遠く闇の中に溶け消えようとしていた。もはや自分の萎《しお》れた声では届くまい——そう思ったか、老婆は微かに呻きながら涙を零《こぼ》し、幾度もその体を折って百鬼丸への謝意を表した。

「――おう、婆さん。見せてみろ。金か？」

老婆の元へ行き、どろろがそう声をかけると、老婆は天から降されたか細い糸さえも断ち切られるかと怯えたように、必死に銭を胸に抱いた。

「馬鹿野郎、取りゃしねえよ！　俺もやりゃいいんだろ、やりゃ！」

と、どろろは熊から奪った巾着から、幾つかの小銭を追って老婆に分け与えた。

「全部はやんねえかんな。そこまでは甘えんなよ……？」

どろろは哀れなもの達に同情を覚えようとはしなかった。

が、それはそうしようとはしなかった、というだけのことだった。

「ったく、何だよ、このババア。汚ったねえツラして、冷え切ってんじゃねえか……！

ホントしょうがねえな、どいつもこいつも！」

どろろはそう毒づきながら、ツキノワ熊の毛皮を老婆の身にかけ、笑った。

「うわ、こりゃまた似合わねえな、オイ!?　毛にスッカリ埋まってんじゃねえかよ！

ま、しょうがねえや。今さら色気づいて客取ろうなんて齢でもねえだろ。これでガマンして、何か食うモンでも買いに行きな。買ってきてくれとか、そこまでは甘えんじゃねえぞ？　俺ァ急ぎの用事があっからよ――じゃあな」

老婆はそう言って立ち上がったどろろにも、臥し拝むよう身を折り曲げた。

「なっ……てめえ、何すっとぼけたことしてやがんでぇ！　ババアでも、てめえの食いブチくれえ、てめえでパクって来るくれえの根性見せてみやがれってんだ！」

どろろはそう重ねて毒づき、その場から逃げ出すよう百鬼丸の後を追っていった。

＊

そして――琵琶《びわ》の音が、切《せつ》、と一つ響いた。

百鬼丸が別の通りに出、人混みに紛れようとした時に、その物哀しげな音は聞こえた。

百鬼丸は微かに驚いたように立ち止まった。

路傍に、琵琶を抱いた寂びた風情の法師があった。

「百鬼丸――」

法師はそう呟きながら、百鬼丸の左腕を伺った。

「――まだ、まるで気配を変えておらんようじゃな？」

恐らく、初老といった齢の頃なのだろうが、にわかには見極め難い独特な趣を備えた男だった。坊主頭に無精髭のような白髪を生やし、酷く枯れているようでありながら、一方では隙なく研ぎ澄まされているようでもあり、また穏やかに柔和なものを湛《たた》えているようでありながら、同時に皮肉で冷徹な何かを秘めているようでもあった。

名は解らない。ただ、琵琶法師、と呼ぶ他ない男だった。

百鬼丸は再会の喜びを微塵《みじん》も浮かべず、左腕から『百鬼丸』を垣間見せ、琵琶法師に言った。

「……もうしばらく、こいつは貸しといてくれ」

法師は、微かに鼻に抜ける笑みを洩《も》らして応えた。

「貸すも何もお前さんのもの。いつまで持とうが、どう使おうが、お前さんの勝手よ。爪の垢をほじるのに使おうともな」

百鬼丸は、その皮肉めいた笑みにわずかな苛立ちを覚えた風に返した。

「……なら、そうさせてもらう」

「――で？　あれから幾つ取り戻したね？」

百鬼丸は何も答えなかった。

法師は再び鼻に抜ける笑いを洩らし、また一つ琵琶を爪弾いた。

「ま……いずれにせよ、御苦労なことよ」

百鬼丸の面に怒気が滲んだ。

「お前に、何が解る……!?」

「何も解らんさ、儂《わし》には。見ての通り、ただの語り部に過ぎん男――して？　あれからあの寺には行ったのかぇ？」

その時、どろろが路地から顔を出し、二人の姿を認めた。

（あれっ、あの琵琶ッパゲ……アイツら、仲間だったンか……!?）

何を話しているのか、どろろの居場所からは全く聞こえなかったが、やがて百鬼丸は憤ったようにきびすを返し、琵琶法師のもとを去っていった。どろろはその後ろ姿を見送り、百鬼丸に振り返られることを恐れるよう、忍び足気味に法師に近づいていった。

「おう、ハゲづくし」

「……そりゃ、ハゲだらけって意味か、ハゲたつくしんぼって意味か、どっちだ？」

「るせえな、どっちだっていいんだ、ンなこたあ……！」

「どうしたぇ、何ぞ景気のいい座敷のクチでも紹介してくれるてか？」

「こきゃあがれ、てめえなんか座敷に上げたら酒が酢にならァ……！」

どろろが琵琶法師と出会ったのは、どろろがその街に入った翌晩のことだった。

面が割れれば仕事にならないどろろは、街や宿場を転々と渡り歩いて生きていたが、その法師もまた流離《さすらい》の旅の中にあった。街々を渡り世々を巡って、語るに足る語り草を摘み集めては、人に聞かせ飯の種としていた。

どろろはそうした語り物を好んだ——この世のどこかであったという不可思議な話や奇妙な端唄《はうた》の類を、まるで十にも満たぬ童《わらべ》のように無邪気に聞き齧《かじ》るのを喜びとした。

どろろは実に無邪気に語りを聞いた。当人は大人びたつもりだったのかも知れないが、

「馬鹿コケ、そんなおかしな話があるかい！　ンなのァ、でまかせに決まってらァ！」

と、さんざ熱を帯びて聞いた後で、決まって本気で退けた。その本気っぷりが如何に無邪気なものであったか、どろろは全く自覚しておらず、しかも重ねて、その後に必ずこうぬかした――。

「で、もっと面白え話はねえのかよ？」

そうして幾つも語りを聞き倒した挙句に、ハッタリ話なんぞに木戸銭が払えるかい、そう締めるのも、どろろのいつものこと。かような次第で琵琶法師は数日前、三つ四つ語り物を語って聞かせていたのだが、どろろからは一文も貰《もら》っていなかった。

「よう、ちょいと聞かせろイ」

「勘弁してくれんか。お前さんに一言語るたんびに、儂は無駄に細ってゆくわぇ」

「語りモン聞かせろなんて言ってんじゃねえよ、ちょいとお尋ねしますがっつってんだ」

「まあ、人にモノ聞く礼儀さえあれば、知ったことくらいは答えんでもないが」

「だから、お尋ねしますがっつってんだろが……！」

「だから、知ったことくらいなら答えんでもないと」

「ザケやがって――おう、あのさっき話してた野郎、アイツぁ一体何モンでえ？」

と、琵琶法師は微かに声音を引き締め、返した。

「……何に見えたね？　お前さんの目には」

どろろは返答に窮した。

「何……って考えりゃいいのか解ンねえから、聞いてんだろが……！　おう、早えとこ吐きやがれ、アイツぁ一体何なんだ、てめえとどういう知り合いだ？」

「知り合い、というほどでも──昔、二度ほどすれ違うたことがあったかというだけのことでな」

「なら、どこでどうすれ違ったってんでえ」

「そうさなあ……」

と、法師は琵琶を爪弾きはじめた。物哀しげな調べが、あたりの夜闇に染み渡った。

「何でえ、語り物かよ？」

「儂も大概聞いた話じゃ。嫌なら聞くな」

「誰も、ンなこたァ言ってねえだろ」

「昔々……あるところに──」

と、どろろはまたぞろ童のような顔になり、膝を抱え法師の語りに聞き入りはじめた。

「人里離れた山あいに、一人の呪い《まじな》医師があってな……」

二

寿海《じゅかい》——というのが、その呪い医師の名であったらしい。

十数年前、秋も底を打ち、冬枯れの気配があたりを撫《な》ではじめていた頃のこと、丁度還暦を迎えたばかりであった寿海は、まだ夜の明けきらぬうちから山の麓の葦原《あしはら》へ薬草を摘みに出かけていた。

寿海が人里を離れたところに住んでいたのは、別に世間との交わりを嫌っていたからではなかった。様々な薬草や濁りのない水、大量の薪《たきぎ》など、彼が打ち立てんとしていた新たな医を究めるために要される諸々を突き詰めていくと、どうしても山と湿地が近くになければならず、そうして寿海が選んだ場所は、峻険《しゅんけん》な斜面と水の暴れやすい葦原が並ぶ田畑《でんばた》には向かないところだったため、そもそも付近に人里が成り立ち難かったのだ。

寿海は増水や崖の崩落の恐れのない山中に居を構え、必要に応じて麓の葦原へ下りていっていた——その異様に静まり返っていた灰色の朝もまた、その例によっていた。

葦原には、人の手が築いた用水のように整った自然の流れが幾筋も通っていた。

寿海は身を冷やす一面の朝靄《あさもや》の中を、求めていた薬草を摘み歩きながらゆき、やがて、そのうちの一筋に何かが流れてくるのに気がついた。

――盥《たらい》だった。

寿海はその盥に、奇妙を嗅《か》いだ。

盥は真新しく、市井《しせい》の暮らしの気配を刻み込んだ風には遠目にも感じられず、しかし何処かしら物悲しげな風情を湛えているように見えた。

何かに似ている、と寿海は思った。

新しい服、新しい器、新しい道具……新しいものに素朴に覚えられるはずの喜びを、現に真新しくありながら、全く感じさせない何かに。

（……棺桶、か？）

盥の中には布の包みがあった。遠目にも豪奢な、高価な生地であることが見て取れた。それは金糸を刺した黒絹と、艶やかな無地の白絹だった。柔らかな白絹に人の頭ほどの何かが包まれ、それをさらに黒絹が包んでいた――そうしてその黒地の上に、金糸で何ごとかの文様を刺繍《ししゆう》してあるらしいのが見えた。

寿海は間近に流れてきた盥を取り上げ、まず黒衣を広げて、金糸の刺繍を確かめた。

錨の柄だった。

間近で見れば銀糸も織り込まれ、白銀の微細な点を散らした黒地に金色の錨が幾つか並んでいた――その時、寿海は不意にギクリと息を呑《の》まされた。

白絹が微かに蠢いた。

柔らかに包まれていたその中の何かが、もぞり、と微かに動いたのである。

(何だ……?)

寿海は恐る恐る白絹をめくって――うっ、と短く呻き、思わず盥から後ずさった。

靄の中をやって来た、典雅な、しかし小さすぎる円い棺桶――そのように感ぜられたものの中に収まっていたのは、

(何だ、これは……!?)

奇怪な赤子であった。

その青白い赤子には、手足も、目鼻も耳も口も何もなかった。異様なまでに滑らかな丸い頭部には、本来であれば目鼻や耳があるべきところに、ただ虚ろに黒い穴が穿たれてあるばかりだった。

しかし、それは生きていた。ぴくり、ぴくり、と折に身をよじっていた。

――幸いであった。

そこで盥を拾い上げたのが寿海でなく、他の市井の民の類であったなら、その赤子はそこに置き去りにされたか、流れの中に蹴落とされたか、いずれにせよその奇怪な姿に怖れを抱かれ、命の灯を消してしまっていたことだろう。しかし――。

（これは、一体どうやって生きているのだ……!?）

寿海は学究の徒としての興味を、また医による救済を志すものとしての情を覚えて、赤子に再び近づき、その青白い体にそっと触れた。

（柔らかい――柔らかすぎる。骨もないのか？　馬鹿な。どうやって生きておるのだ？）

だが、それは確かに生きていた。そうして他の様々な生き物達と同様に、生きている何物かから生まれて来たものであることを、その身の一点が顕わしていた。

手足もなく、目鼻も骨もなかったが、その赤子の胴には――臍《へそ》があった。

（母が。これは何か……母体、から生まれたのか）

寿海は赤子の首に脈を探した。が、それは確かめられなかった。そうして次に胴の左に触れてみたが、やはり心の臓が打つ鼓動は感じられなかった。

（臓腑の類もない？　そんなものが生きていられるはずがない。あり得んだろう？）

しかし、それでも、それは確かに生きていたのだ。

（ならば――これは我々が、あり得ない、そんなはずがないと考える『奇《く》びなる力』によって、この姿に保たれている、ということなのか？）

寿海は様々に赤子の体を探っていたが、間もなく、救済を志すものとしての情をより強く覚えるようになった。

寿海の身も、それ以上に赤子の身も、冷たい朝靄に湿って、いつしかすっかり冷えてしまっていたことに気がついたのだ。

（いかん、弱らせてしまう）

そうして寿海は薬草摘みを中断し、赤子を山中の住居《すまい》に連れて帰ることにした。

「すまんが、しばらくお前の寝床に置かせてもらうぞ」

寿海は赤子にそう声をかけ、すでに摘んであった薬草を赤子もろとも盥に入れ、降りてきた道を引き返しはじめた。

——日輪が弓月の如くに細く蝕《むしば》まれた、その翌日のことであった。


住居に戻ってすぐに、寿海は盥の底にくたびれた毛皮の座布団を敷き、赤子に湯湯婆《ゆたんぽ》を添えてやった。

すると、赤子は間もなく、穏やかに動きを止めた。

赤子は寝息を立てることすら出来なかったが、恐らく暖かさに安堵を覚え、ゆるりと眠りに入ったのだろう。

寿海の住居は十五坪ほどの一間造りとなっていたが、奇妙な道具や膨大な記録、薬草を収めた棚などが乱雑を極めて並び、ぱっと見には一間には見えぬ態をなしていた。

異国には黄金ではないものから黄金を生み出す『錬金術』という学問があり、その様を伝える刷り物なども幾らか伝わって来ていたが、寿海の住まいというのはどちらかといえば、医師というよりも、その錬金術師の仕事場と似通っていた。

その夜から、寿海は赤子についての記録を付けはじめた。

確か、こんな神語《かんがたり》があった——と、寿海は思い返した。

この世界と元始《はじめ》の人を生んだ母神と父神、その男女のまぐわいの作法に誤りがあったために、骨のない海月《くらげ》のような子が生まれてしまった。そうして神々らはこれは失敗であったと、子を海に流し去った……。

寿海は記した。

「『奇びなる力』とは、そうした神秘的な領域での何らかの過ちや事故でも、この赤子に働いてしまった、ということなのだろうか？　生きていられるはずのないものが現に生きており、それが『奇びなる力』といったものによっているのならば、その力が働き続ける限り赤子は生き続けるということになるはずだ。この奇妙な赤子は、この姿のまま生き続けられるものなのか、それともやはりいずれは死ぬものなのか？　この無力なものを生かしおいている力は一体何なのか？　この赤子は一体何ものなのか？」

寿海には、全く理解出来なかった。

しかし、ただ一つ、寿海にも解ったように思われたのは、その赤子はやはり――人であるらしい、ということだった。

実に奇妙なことではあったが、住居に連れ帰って以来、寿海は己の心に赤子の気持ちが直《じか》に伝わって来るかのような感覚を度々に覚えた。

声を上げて泣くことも出来ず、身振りで何かを表わすことも出来ず、ただ微かに身をよじり蠢いて見せることが全てだった奇妙な生命《いのち》。その中に宿る魂が、それでも自らの想いを訴えようと常ならぬ道筋を開いたものか、人が言葉にする前の想い、言葉という記号に置き換えられる前の純粋な想いそのものが、その純粋なままに直に心中に兆《きざ》してくる――そうした感覚を覚えることがあったのだ。

その兆してきたものを、寿海の方で知った言葉に置き換えるならば、赤子は、

〝寒い〟

〝寂しい〟

〝包まれたい〟

〝触れ合いたい〟

〝一緒にいて欲しい〟

〝自分を解って欲しい〟

そして――

〝お父ちゃん〟

或いは、それは『お母ちゃん』という想いであったのかも知れない。

いずれにせよ、その奇怪な赤子は親を求めて呼びかけていた――寿海はそれを、

〝お父ちゃん〟

という言葉に置き替えてとらえたのである。

胸に迫るものがあった。

これが人か。ただ一つ、臍だけを人間らしい身の証《あかし》とした、この哀れに蠢くばかりのものが。こんなことがあっても良いものか。どうして、こんな姿に生まれついたのか。

そうして寿海は、胸のうちに深く兆して来た言葉を、幾度も幾度も心に蘇らせた。

〝お父ちゃん〟

〝お父ちゃん〟

〝お父ちゃん〟

＊

「……そうして男は、その赤子に五体を与えることにした」

と、琵琶法師がどろろに言った。

「与える……って、体をか？　どうやってよ？」

「男は戦や病で生きた手脚を失うた民らに、再び生きた手脚を与えてやる――そうした医術を編み出さんとしておった」

「生きた手脚ィ……!?」

「言うたじゃろ、呪い医師じゃ。尤《もっと》も、男は普通の呪いともまた異なった技を紡いで、新たな道を究めんとしておったようじゃが――儂にはその詳しいところはよう解らん」

「呪い医師ってなァ、普通はあれだろ？　加持祈禱《かじきとう》の」

「さよう。薬師《くすし》の技と加持祈禱を併せて用いる。男はその上、異風《いぶり》の技も持っておった」

「イブリ？　――ってなァ、異国渡来の腹カッ捌いて、切って縫ってってぇアレか？」

「男の究めんとしておった医の術は、呪いと異風の入り混じったようなもの――儂にはどうにも解らんが、『土』と『水』と『火』と『雷《いかずち》』から生きた身を作るのだという。それらはどれも男が作ったものでな。土でない『土』、水でない『水』、火でない『火』、雷でない『雷』、それらで生きて脈打つ体を作る――あとは、『種』」

「タネ？」

「子らの……亡骸じゃと」

＊

ボウズ、と呼ぶことにした赤子に五体を与えるべく、己の医術を試みることが本当に正しいものかどうか、寿海には尚、幾らかの迷いがあった。術も完成したとはまだ言えない有様であったし、赤子が得体の知れぬ奇妙な力の元に在るのであれば、今のままでおれば死なぬ身でい続けられるかも知れない。それが、よかれと術を試みたばかりに、本来なら死なずに済んだ子を死なせてしまうようなことになるかも知れなかった。寿海はそこで迷ったのだが、しかし、どうも当の赤子自身が――、

〝やって欲しい〟

――そう言っているような閃きを、心に幾度か覚えたのだ。

言葉や身振りを用いず心と心で対話するというやり方に、まだ寿海の方も赤子の方もともに不慣れでいた。幾月幾年と日々を重ねてゆくうちに、やがては普通に話し合えるところにまで二人は通じ合うようになってゆくのだが、その頃にはまだちゃんと相手の想いを聞き取れているのか、自分の想いを伝えられているのか、互いに不確かで、命に関わるような大事においては、今一つ迷いを拭いきれなかったのである。

そうした次第で寿海は迷いを残しつつ、けれども、その準備だけは整えておこうと、赤子の身に縫い付ける手脚や目鼻、五臓六腑や骨格を作りはじめることとし、まず戦に巻き込まれて滅びた村に出かけ、子の屍を幾人分か拾って来たのだ。

寿海はその子らの屍から体の各部を僅《わず》かに切り取り、それを『種』として、彼が『土』と呼ぶ白い粘土状のものに植え付けた。それから人肌に温めて、『殖える』と彼が呼ぶ状態を迎えるまでの間に、子らの屍から骨を取り出し、その全ての型を取った。型を取った後の骨は粉に砕かれ、やはり『土』に植え付けられた。そうして五臓六腑などは粘土で精巧な模型が作られ、そこから型が取られていった。

かくして出来上がった型に、『土』が『殖えた』ところでそれを注ぎ込み、それから『雷』と呼ばれる電気を型に流しながら、同時に護摩焚きのような加持祈禱を執り行う。電極を付けた数十もの型をずらりと並べて護摩を焚く様はなかなかの奇態であったが、そのようにして『火』による『入霊《たまいれ》』が終わると、型は『水』に浸けられ、しばしの時を待つこととなる――。

それは世が世なら「クローン培養の一種か」とも映り、また別の世ならば「反魂《はんごん》術の一流派か」とも映る、その時代のその地域に寿海という異能の医師が生まれなければ、まず見出されることのなかった術であったろう。生を受けた地がその国だったとしても、あと五十年遅ければ、その時に寿海が会得していた呪術は失われ、またあと五十年早ければ、異風の医術は入って来ていなかった。そうして無論、どのような時代にあっても、彼の如き異能や大志というものがなければ、やはりそれは見出されなかったはずだった。

「……ボウズ。本当にやっていいんだな？」

体を作りはじめてから半年ほどが経ち、『水』の中で脈打つ心の臓などがひととおり出来上がった時、寿海は改めて赤子にそう問いかけた。

すると、赤子はその問いに、

〝うん〟

――と、確かに応えてみせた。

「死ぬかも知れんのだぞ？」

〝大丈夫……〟

寿海は緊張を覚えた。ここまではただの準備だ。この子をこの手で殺すかも知れないとすれば、これからなのだ。

その半年の間の寿海の真剣さは尋常ならざるものがあった。その生涯の求道、学究の一切がかかっていた挙句、赤子との心のやり取りも明快さを得るようになって来ており、ボウズと呼びかけることにもすっかり慣れて、深く愛情を覚えはじめていた。

(絶対に、死なせん……！)

寿海はその真剣をさらに研ぎ澄まし、全身全霊の集中をもって赤子の体を切り開き、その身の内に骨格や五臓六腑を仕込んで、さらに手足や目鼻をも縫い付けていった。

それは全く常軌を逸した仕事だった。外科手術を一ヵ所施すだけで、一体どれだけの時間と集中力が要されることか。それをたった一人で人体丸ごと一つを縫い上げようというのだから、とてもではないが正気の沙汰ではなかった。

結局、手術は七日七晩に亘《わた》った。

寿海はそれを薬草の力を借りながら、全くの不眠不休で渡り切った。半ば狂人めいた途轍《とてつ》もない気力と集中力をもって、見事乗り切ったのである。

かくて、全身を包帯で巻かれた赤子は、丸ごと『水』に浸されることとなった。

「よく……頑張ったな。ぐっすりと眠れ。あと二年ばかり、この『水』の中で」

赤子にそう言い、寿海は自らもその場に昏倒《こんとう》するように眠りに就いた。

が、その手術で尋常ならざる気力を発揮したのは、寿海一人ではなかった。

手術を受けていた子もまた全身全霊に気力を振り絞り、その七日を乗り越えたのだ。

「ボウズ」

〝お父ちゃん〟

「頑張れ」

〝頑張って〟

その七日の間に、二人は一体どれだけそのように想いを交しあっていたことだろう。

そうした果てに三日三晩眠り続け、柔らかな朝の光の中で目覚めた時、寿海は赤子を、

「倅《せがれ》」

――と呼ぶようになっていた。

寿海は心に微かな温《ぬく》みを覚え、それを自らに嚙みしめながら想った。

(こいつを『水』から出せるようになったら、この腕で抱きしめてやろう。そうして、本当の親子として生きていこう。こいつの体は儂が作った。血こそつながっていないが、儂はこいつの父親だと名乗ってもいいはず、その資格があるはずだ。〝お父ちゃん〟とこいつも呼んでくれている。そうだ、儂らは――〝お父ちゃん〟と「倅」なのだ)

寿海は、その日が来るのを心待ちにするようになった。

＊

「……だが」

と、琵琶法師が言った。

「何でぇ……？」

どろはすっかり夢中になって聞き入っていた。

しかし、語りを乗せる琵琶は爪弾かれず、沈痛を帯びた静寂があたりに凪《な》ぎ渡った。

三

赤子が人の形を得て、月の満ち欠けが二つばかり巡った頃のこと。

梅雨が明けて間もない蒸し暑い夕暮れに、葦原を歩いていた琵琶法師が奇妙な気配を嗅ぎ取った。

(……あやかしの、気配?)

それもどうやら群れている。近いか。高い。だが、天ではない。この斜面の上か……?

琵琶法師は、そのようにして寿海の家へと向かった。

「御免」

琵琶法師は、凜《りん》、と気を整えて、扉を開けた。

法師は片目《めし》を盲い、もう片目も盲いているに近く濁らせていたが、斜面を上り、その目にぼんやりと寿海の住居の形を映すや、あやかしの気配はその中から発されている、と見て取った——炭焼きでも木地師でもなさそうだが、こんなところで如何なるものが暮らしておるのか。廃屋ではない。人の気配もある。人があやかしを群れさせて住まうとは、一体如何なる由によってか。これは……油断ならぬか?

そう思い、琵琶法師は気を整え、寿海の家の扉を開けたのだ。

と、そこにはやはり、あやかしらが群れていた。『水』を湛え、包帯に覆われた赤子を浮かせた硝子の長桶に、十数ものあやかしが蠅や鴉《からす》の如くに群がっていた。

霊のようでもあり、煙のようでもあり、水のようでもある朧《おぼろ》な身のもの達。情けの心をもって見れば哀れに、強気をもって見れば可笑しくも映る、人のような、獣のような、或いは幼な児のいたずら書きのような、形を定めず揺らめくもの達。そうしたこの世のものでも、あの世のものでもないもの達が、赤子に群がり口々に請うていたのだ。

——くれ。

——体をくれ。

——ワシにも体を。

——お前は体をくれるのだろう？

——姿を定める体を。

——さ迷わずに済む体を。

——くれ。

——体をくれ。

水槽の中の赤子は、嫌だ、とでもいう風に、身をよじりもがいていた。

（これは、何事か……？）

あやかしらは琵琶法師には気づかず、ただ赤子だけを見ているようだった。

法師は背負っていた琵琶を抱き、その弦を断ち切って天神を引いた――と、鶴首《つるくび》の中から、ギラリ、と光るものがせり出した。その中に、仕込み刀が隠されてあったのだ。

鶴首の先からわずか一寸ばかり、その刀身が覗いただけで、あたりの気配が一変した。

あやかしらは一斉に琵琶法師に振り返り、怯えたように四方八方に逃げ散らばって、壁や天井、或いは虚空に消え失せていった。

「どなたか……⁉」

と、奥の方から寿海の声が聞こえた。

琵琶法師は刃を元の鶴首に収め、頭《こうべ》を垂れて答えた。

「旅の語り部に御座います」

琵琶法師は盥が流れてきてからの一通りを、寿海の口から聞いた。

「そうして――この子の体を作り上げて間もなく、三日ばかり経った頃からでしたか。ああした、あやかしの類が群れてくるようになりましてな……」

はじめは一匹だけであったらしい。が、しかし――日に日に、それは増えてきた。

呪い師でもある寿海が、そうしたものらに腰を抜かすようなことはなかったものの、そうかといって我が家の中を勝手にうろつかれては、何かと困るというか邪魔である。しかし、呪い師といえど医術の方面に偏っていた寿海は、破邪や結界の術の類には全く通じておらず、あやかしらを追い払おうにも箒《ほうき》を振るってみるくらいのことしか出来ず、

「ええ、それでは無論、どうとも出来ません。箒では、払ってもすり抜けて空振りするばかり。しかも、奴らはこちらには目もくれず、ただあの子に向かって繰り返しに……」

――くれ。

――体をくれ。

そうこうしているうちにいよいよ数が増え、今のように十数匹にまで到ったのだが、さりとて実害らしい実害はない。ただ鬱陶《うっとう》しいというだけで、その意味ではあやかしらは半透明で大きめのゴキブリのようなものであり、

「まあ、慣れてしまえば何ともない。とはいえ、群がられている当のあの子は、かなり嫌がっているようで……」

そこだけがどうしたものか、と寿海も困っていたのだが、

「しかし――それにしても、解せん」

と、眉根をしかめ、腕組みをして寿海は言った。

「解せん、とは？」

琵琶法師の問いに、寿海は改めて自らに問い直すように言った。

「何故、あのあやかしらはこの儂に――生きた身を作る技を持った儂の方にではなく、あの子に『体をくれ』と請い続けるのか？　そこが、どうも解せん」

その言葉を聞き、琵琶法師の盲いた目に鋭い何事かが走った。

寿海は続けた。

「何故、あの子に……？　或いは、あの子はああしたものらに体のそこここを奪われ、あのような有様となったのか？　まさか、自ら体を分け与えた訳ではあるまい。くれと言われて、あの子は酷く嫌がっている。ならば……好まずに、奪われたのか……？」

と、琵琶法師は何事かを了解したかのように、傍らに置いてあった琵琶を手に取り、再び仕込み刀を抜いて天神から取り外しはじめた。

「それは……？」

「元をただせば……ある村に巣食ったあやかしを斬り伏せるために鍛えられたもの」

「あやかしを？」

「とある鍛冶屋の妻子が、あやかしに殺《あや》められてしもうたそうで。それで、仇を討つ、仇を討つ――そうした熱い一心で、魂魄《こんぱく》の全てを封じ込めるように仕上げたものだと」

刃を取り外した琵琶法師は、それを寿海の前に差し出した。

寿海はその刀身に刻まれた銘を読んだ。

「『百鬼丸』……？」

「なかなかの妖刀らしゅうございますな。その力のほどは、儂もつい先ほどはじめて目にしたが。チラリと刃を覗かせただけで、あやかしらは蜘蛛の子の如くに散った」

「何故、このようなものをお持ちで……？」

「昔、ちぃと世話になった寺に、四十八体の魔物が封ぜられたという堂がありましてな」

「四十八の魔物？」

「地獄堂、と申す」

＊

琵琶法師がはじめてその山寺に行ったのは、七年ばかり前のことだった。

旅の中で、地獄堂にまつわる噂と、なかなかの名僧が寺を護っているとの評判を聞き、何ぞ語り草に出来る話でもないかと、ふらりと立ち寄ってみたのである。

果たして、人里離れた深山に独り在った寺の住職は、評判にたがわぬ高潔な人格と卓越した見識を持っており、琵琶法師も感服させられるところとなったのだが、

「ところで――地獄堂とは？」

「奥に、離れて御座います」

「風の噂では、旅の仏師がいきなり訪れて四十八の魔像を彫り、その像に魔を封ずるや……狂い死にした。などと聞きましたが」

「真か否かは存じませぬが、四百年ばかり昔のことであったと伝えられております」

「拝見出来ましょうかな？」

「お望みとあらば」

そうして琵琶法師は住職の案内を受け、地獄堂へと向かった。

それは四間ばかりの高さの八角堂で、こざっぱりと丁寧に調えられた庭の奥にあったためか、琵琶法師にはとりたてて険しい気配などを発しているようには思われなかった。

しかし。

その扉を硬く封じていた鉄鎖が解かれ、ぎぃ、と微かに軋む音を立て、その内の闇が垣間見えるや、琵琶法師は全身に――全霊に、粟《あわ》立ちが駆け抜けるのを感じた。

（これは……!?）

ゆっくりと扉が開け放たれ、昼の光が堂に流れ込み、床に四角く白みが切り出された。

法師は地獄堂に踏み入り、あたりを見上げ渡した。

ほぼ盲いたその目に、一つ一つの像の姿が詳《つまび》らかになることはなかったが、

(——取り囲まれた)

という異様な殺気を、琵琶法師はひしひしと感じた。

(いる……これは、間違いなく……魔)

地獄堂の中は八面の壁が上下二段に分けられ、都合十六列となった壇に、各三体ずつの魔像が据えられてあった。

「こちらにも、三体——」

と、住職が観音開きになっていた扉を半ば閉めると、その内側にも対になった魔像が嵌《は》め込まれてあったのが見えた。

扉一枚につき一体、さらにその二枚一組の観音開きを取り囲むように鴨居に沿って、巨大な蜈蚣《むかで》のような姿の長大な像がぐるりと張り付けられてあった。

「三体一組、二段、八面。都合——四十八体に御座います」

魔像の大きさは一間ほどの身の丈のものが多かった。それが二段に連なっているのであれば、間違いなく地獄堂は外から見たとおりに、四間ほどの高さであるはずだった。

だが、扉が半ば閉められ、外からの光がか細く弱まった中で天井を見上げた琵琶法師には、その闇の深さがたかだか四間ばかりしかないもののようには到底思われなかった。深かった——おそろしく、果てしないようにさえ思える、深い闇がそびえ立っていた。

（これは……危うい）

琵琶法師は程近くにあった魔像に目を凝らした――魔像らはそれぞれに鉄鎖で縛られ、さらに護符を貼られてあった。

（しかし……危うい）

琵琶法師は住職に問うた。

「この堂を開けることはたびたびに？」

「いえ……貴殿のように乞われる方がおいでぬ限りは」

「これは……乞われても、開けぬ方が宜《よろ》しいのでは？」

「仏であろうと、魔であろうと、人が会いたいと申すものを阻むことは御座いますまい。私はただの寺番――寺を訪れ、仏の像の前に座したとて、それだけで御仏に会え、救いを得られるものでも御座らぬ。魔もまた……全ては世の人々の、想い次第のことゆえに」

（それは恐らく、正しい……されど）

その時、琵琶法師はかつて旅の途次で耳に挟んだ話を思い出した。

（破邪の刃の話――確か、名は――『百鬼丸』とか）

琵琶法師は一宿一飯の恩を受けて寺を後にし、その破邪の刃の話を再び追いはじめた。

琵琶法師はそれから方々を転々とし、数年後に『百鬼丸』を得た——もし、そうしたものが真にあるなら、今は何処か寺か社にでも祀《まつ》られていようか、そう思っていたが、『百鬼丸』は意外にも、さる豪農の屋敷の蔵に密かにしまわれてあった。そうした俗世の一隅に『百鬼丸』が眠っていたのは、どうやら琵琶法師が訪ねた時から数えて先々代の折に、その屋敷でもあやかしが出たためであったらしい。

『百鬼丸』が鍛えられたのは五百年前とも八百年前とも、語る口によって様々に述べられていたが、ともあれそれはこの世に生み出されて以来、ずっと寺社に収められることなく、魔やあやかしらの害に苛《さいな》まれたものらの手から手へ渡されて来たようだった。

琵琶法師は地獄堂の次第を豪農に語り、『百鬼丸』を譲り受けた。

万一の事態に備え、かの寺に寄進しておこうと考えたのである。

＊

「だが——しばらくぶりに、寺に戻ってみれば」

と、琵琶法師は寿海に言った。

「地獄堂は……すっかり焼け落ちておりましてな。御住職もろともに」

「住職も？」

「ええ。そうして……焼けた御住職の亡骸には、首がなかった」

法師はその時、不穏な気配を察するよりも、匂いの方に早く気がついた。

＊

昼過ぎ、ずらりと延びる石段を上る途中で、その匂いに気づき、琵琶法師は急ぎ駆け上がり、山門を潜《くぐ》った。

（焦げた……燃えた？　何が？）

「御住職!?」

返事を待たずに、法師は地獄堂の方へと走った。本堂は焼けていなかった。ならば、まさか――駆けるにつれて焦げた匂いは強まり、やがて琵琶法師は傾《かし》いだ柱と梁ばかりとなった地獄堂の骸《むくろ》に行きあたることとなった。

前日は日の落ちた後から激しい雷雨に見舞われ、今朝方まで降り続いて、あたりにはまだそこら中に水溜りが出来ていた。にもかかわらず、焼け焦げた柱はまだ十分温かく、ところによっては微かな燻《くすぶ》りさえ残していた。

（あの嵐のさなかに、火が出たか？）

琵琶法師は何か次第を読み解く手がかりになるものはないかと、あたりを探り、間もなく、首のない住職の焼けた屍が、その近くに転がっていたのを見つけ出した。

（地獄堂の傍らで首を刎《は》ねられ、それから堂もろともに燃えたのか……？）

＊

「──儂には、そのように思われた」

その話を聞き、寿海は困惑を覚えはじめていた。

この法師は一体何の話をしている？　つい語りの端々に興を取られて、儂もあれこれ問い返してしもうたが、見知らぬ寺の住職の首が刎ねられておったとて、それが儂らに何の関係があるというのだ？　地獄堂？　四十八の魔物だと？　『百鬼丸』？　それが一体何だという？

しかし……この胸の、ざわつきは。

あの子は何故、体の方々がない？　何故、あやかしらが体をくれと群れてくる？

地獄堂。これは聞かぬ方が良い話なのでは……しかし。

寿海はそう不穏と迷いを覚えながら、また──問い返してしまった。

「そこに……四十八の魔の気配は？」

「まるで……すでに、もぬけの殻で」

そして、琵琶法師は改めて『百鬼丸』を寿海に差し出した。

「それ以来、儂はこの刃の落ち着く先を求めて旅を──手から手へ、刃が渡るべき処へ。その縁《えにし》が働くところは一体何処にあるのか、と」

「この刃が、やがて必要になる日が来ると……？」

琵琶法師は深く、神妙に頷《うなず》いて見せた。

寿海はその老いくたびれた身の奥に灯る、凛、としたたたずまいを見据えて言った。

「話は……まだ、御座いますな？」

「無論」

そうして寿海はそれを聞き、深く心魂《こころだま》を揺さぶられて、心待ちにしていた時が金輪際訪れぬようにと願いたくなった。

あの『水』から、あの子が出てくる日など来なければよい。

ずっとその中で、ああして穏やかに眠り続けていればよい。

しかし、その時がやがて来れば。

（儂は……鬼とならねばならぬか）

沈痛な面持ちでうなだれた寿海に、琵琶法師は深く憐《あわ》れみを覚えながらも、しかし、決然と言った。

「この百鬼丸――間違うても、手放してはなりませぬぞ。必ずや、この子の元に……！」

そうして『百鬼丸』を寿海に託し、琵琶法師はその住居を後にした――。

四

それから四季の移ろいが二つばかり巡った頃、ついに赤子は『水』から出される日を迎えることとなった。

その出来栄えは、恐らく寿海以外のものらの目には、神にも近き御業と映ったことであろう——が、しかし、寿海自身にとっては、決して満足のゆく仕上がりとはなっていなかった。

まず、寿海は『倅』に五感を与えることに失敗していた。

生きて動き、育ちもする目鼻は形作れたのだが、その目は見えず、鼻は嗅げず、耳は何ごとも音を聞き取らなかったのだ。

(或いは——第六感が研ぎ澄まされすぎたせいだろうか?)

その頃、寿海と『倅』は、互いに心と心で深くやり取りが出来るようになっていた。

否、それは心、というだけでは不十分であった。

『倅』は寿海が見たものを見、嗅いだものを嗅ぎ、味わったものを味わった——それはもはや、心という感情の揺れ動きに収まる類の話ではない。『倅』は寿海が五感で捕らえたものを直覚的に受け取るまでになっていた。

『倅』が知覚するのは、寿海が〝その時に感じていること〟であった。寿海が花を見て美しいと思えば、それをともに感じ、また寿海が過去を思い出して悔いるような気分となれば、その記憶を見知りつつともに悔恨の念を味わった。それは二人の心がかくまで深くつながっていたということでもあったが、しかし、そうした知覚を何と呼べばよいのか、寿海はその適切な語を知らなかったため、それを仮に『第六感』と呼んでいた。

（第六感が研ぎ澄まされすぎたせいで、五感の働きが退いてしまったのだろうか？）

光の射さぬ洞窟や海の底で長らく生きた魚虫らは、やがて目の働きを捨て去り、触角など異なった器官を育むようになることがあるという。

『倅』が第六感を開くようになったのは、五感を失っていたためだろうと思われたが、ともあれ『倅』はそこから寿海との関係において、第六感のみを発達させるよう成長し続けた。そのため新たに与えられた五感は伸ばされることなく、不要なものとして捨て去られたのではなかろうか――寿海はそのように考えを巡らせてみたが、しかし、単に己の術に誤りがあったのでは、とも取れる話であり、学究の徒としての寿海、医による救済を志すものとしての寿海は、それらの失敗の原因をつきとめたい、と強く思った。

（何故、五感は働かないようになってしまったのか……？）

しかし、寿海は、その追求には向かわなかった。

その時、寿海はそうしたこと以上に、

〝お父ちゃん〟

であることを第一に採ったのだ。そして、一人の父親としての寿海は、

（鬼とならねば）

ということを、己に課す第一と定めたのである。

（やがて、来《きた》るべき日に備えて……あの法師が言った縁が、いずれ来るのならば）

寿海は『倅』を『水』から出すや、その二本の腕に——刀を仕込んだ。

両腕の肘から先を断ち切り、そこに白刃を取り付けて、鞘の如くに腕をかぶせるよう、息子の体を創り変えたのである。

（狂っておる……！）

子の体に刃物を仕込む親など、一体何処の世界にあろうか。

その忌まわしさに、寿海はそれを施す自らの腕をこそ切り落としたく思ったが、

「この百鬼丸——間違うても、手放してはなりませぬぞ……！」

親の愛ゆえに、子への深い想いゆえに、鬼となり——念には念を入れ、慎重の上にも慎重を重ねて、『百鬼丸』が失われぬよう、文字通りに肌身離さずいられるよう、絶対に敵に奪われてしまわないようにするために、その忌まわしい手術を断行したのである。

辛かった。

が、そうせざるを得ないものが、琵琶法師から聞かされた話にはあった。

かくて、寿海は『百鬼丸』を左腕に、それよりも幾らか短い小刀を右腕に仕込んだ。

小刀は件《くだん》の盥に入れられてあったものだった。身を包んでいた二枚の絹をのぞいて、ただ一つ盥の中に添えられていたものである。

小刀の柄《つか》は真新しい桐材で出来ていた。

(――これで、臍の緒を切ったか)

見つけた当時、寿海はそう思った。

柔らかい木質である桐は、通常刀の柄に使われることはない。ただ、その地方では、臍の緒を断つ際には、まだ一度も用いられていない新しい刀身に桐の柄を付けたものを使うと縁起が良い、とされていた。まだ俗世の営みに汚れていない新しい刃を、福徳の木と呼ばれた桐の柄で留め、すぱりと母体と子の身を『桐《きり》』離す。そのようにすれば、子は福と徳に恵まれた素晴らしい大人に育つであろう、そう語り継がれていたのである。

これで臍の緒を切った――としか思われぬ小刀が、盥の中に収められてあった。

寿海はその刀身を桐の柄からはずし、『倅』の右腕に取り付けた。

そうして、その小刀の上に右腕を覆い被《かぶ》せて、こう言った。

「左の腕は、いずれ付けてやる」

『百鬼丸』の刃渡りは、その時の『倅』の肘から先より長かった。大人に近い背格好、十分な長さをもった腕に成長するまでは、それを鞘の如くに被せることが出来なかったのである。

『倅』は不思議そうに左腕の『百鬼丸』を見、軽く二三度振ってみた。

その振る姿のいかにも拙《つたな》いありさまを見、そして、やがて待つ宿命を乗り越えるのに要されるであろう艱難辛苦《かんなんしんく》の深さを想って、寿海は顔を切なげに歪め――、

「……鍛えるぞ」

と、改めて気を引き締め直したように言った。

「お前は何ものにも負けん、強い男となれ。お前の身は、お前自身の身と、戦で死んだ子らの身から出来ておる。強く生きよ。戦に巻き込まれて、死んでしもうた子らの分も」

「イクサ……?」

『倅』――百鬼丸は不思議そうに、そう問い返した。

「やがて……解る。それから、喋る時は口を動かせ」

百鬼丸はこれまでどおり心と心で対話するよう、口を動かさぬままに「イクサ?」と言っていた。口を動かして喋るということ自体を、まだ把握していなかったのである。

寿海は百鬼丸のまだ小さな右手を取り、それを自らの口もとに触れさせて、解り易く努めて大きく口を開けながら、

「あ」

と声を発してみせた。

「解るか？　口を動かすんだ――『あ』だ――やってみろ」

百鬼丸は不慣れに、哀れなほどに拙く口もとをわななかせ、やがて、『あ』とも、『う』とも、『お』ともつかぬ形を作って、

「……『あ』」

と、洩らした。

その声は喉《のど》から発されてはいなかった。

口を動かしながら、心から心へと、その音を送っていた。

どうやら声帯も働いておらぬようだったが、言葉と口の動きが完全に合致するようになれば、それで十分かも知れない――そこで違和感さえ生じなければ、あとは聞く側の方で錯覚してくれるのではなかろうか、寿海はそのように考えた。

「『い』」

寿海は続けてそう言い、百鬼丸はまたそれを真似た。

「……『い』」

今度はさっきよりも、ずっと巧く出来た。

それを見た瞬間、寿海の心に愛おしさが溢れるように湧きあがってきた。

（……上手に出来た！　お前は『い』と、とても上手に言えた！　偉いぞ！）

「次は『う』だ……！　『う』」

「……『う』」

そう返した百鬼丸の顔に、どこか照れ臭そうな笑みが広がった。

お父ちゃんが心の中で褒めてくれているのを、上手に出来たと喜んでくれているのを、はっきりと感じ取ることが出来たからである。

「『え』……！」

そう言いながら、寿海の目に涙が浮かんできた。

「『え』」

そう返しながら、百鬼丸の顔にさらに笑みが広がってきた。

「『お』！」

（これが、親子であるということか……！）

「『お』！」

寿海は思わず百鬼丸を抱きしめた。

そう出来る日が来るのを、強く待ち望んでいたこともあった。

その日がずっと来ないでいてくれ、と深く願っていたこともあった。

寿海は子をもったことも、家人を娶《めと》ったこともなかった。無論、女は知っていたし、時には憎からず想うものが住居に転がり込んでくるようなこともあったが、そうした女達は寿海の異能と志——または執着についてゆくことが出来ず、寿海も出て行った女達を追うことはなかった。

寿海はおよそ市井の民ではなかった。

しかし、やはり『人』ではあった。

妻や子のいる賑《にぎ》やかな暮らしに憧れを抱いてもいたが、しかし独り孤高にあったため文字通りに孤独となり、その憧れが叶うことはなかった。

山の中での独りきりの暮らしは酷く寂しく、寿海は『倅』——元は奇怪な赤子だった百鬼丸に深い情愛を覚えた。還暦を過ぎるまで長らく心のうちで抑えてきたものが溢れ返り、心から百鬼丸の健やかな成長を願い、その行く先の幸いを祈りたくなった。

——しかし。

どうやら百鬼丸の人生に、そうした健やかさも幸いもなかなかありそうにはなかった。

子を愛する父親としての寿海は、それゆえに、その日がずっと来ないでいてくれ、と深く願っても来ていた。

その日が来れば、自分は鬼にならねばならぬ、この子に辛い日々を送らせねばならぬこととなる。それならば来るな、この腕で抱きしめることが出来なくともよい、ずっとその『水』の中で眠っていよ——そう思っていたが、やはり時は巡り来て、寿海は——深く、固く、百鬼丸を抱きしめた。

「倅よ、強くあれ……!」

温かな情愛を溢れ返らせながら、険しく、悲愴に——。

「儂も、必ずお前より強くあろう……!」

寿海はその翌日から、百鬼丸の体を鍛え、剣術を教えはじめた。

寿海は玄人はだしの剣術を持っていた男でもあった。

とは言え、所詮《しょせん》は玄人はだし、真の玄人に敵うほどのものでは決してなかったのだが、それでも自分に教えられる全てを百鬼丸に教え込もうとし、そうして教えられることをほんの少しでも増やそうと、医の学びをその日限りで捨てて、自らの剣術を磨くことに身魂《しんこん》の一切を傾けるようになった。

また、寿海は百鬼丸に狩りを教えた。

百鬼丸ははじめ、それを酷く嫌がった。相手の感じているものを直に察する百鬼丸には、追われる側、殺される側の怖れや痛みが、全て我がことのように感じられてしまうからだ。

そうしたものを好む幼児など、決しているものではない。

幼児が時に、他の生き物に対して残酷な仕打ちをしてしまうことがあるのは、相手の痛みが解らないからこそだ。それゆえ、普通は相手の痛みが解るようになれと教えねばならないところだったのだが、百鬼丸と寿海の間においては、全く逆になってしまっていた。

(鬼にならねばならぬ)

百鬼丸がどれだけ嫌がろうとも、寿海はそれでも狩りをすることを強いた。

人の動きを超えた動作をするものと対峙させるには、そうする以外に訓練のしようがなかったからだ。

(この子は、魔物と戦わねばならぬかも知れぬ)

寿海は百鬼丸と刃を交わし、その峰で百鬼丸を厳しく打ち据えながら、心の中で繰り返した。

狩れ――怯《ひる》まずに、狩れ。

この世を生きてゆくには、他の命を殺めねばならぬこともある。

また一瞬の怯みが、お前の命を奪い去ることもあるやも知れぬ。

知れ――然《しか》れども、知れ。

殺めねばならぬなら、殺められるものの痛み、苦しみを。

心に閃く恐ればかりではない、生きるものの体には、痛み、というものがある。

(何と失敗の多い、至らぬ技であることか)

寿海は百鬼丸の体が五感の最後――『触覚』も正常に働いていないことに気づいた時、打ちひしがれるようにそう思った。

人の触覚は『触』『痛』『冷』『温』の四つからなるというのが寿海の見立てだったが、百鬼丸の体は『触』は人並みに感じ取ることが出来たものの、『痛』『冷』『温』が全く働いていなかった。寿海は剣術の修練をはじめて間もなく、百鬼丸が脚をくじいた時に、はじめてそのことに気がついた。くじいた脚が支えきれず、百鬼丸は地に崩れ落ちたが、どうして自分が倒れてしまったのかまるで解らないように、きょとん、としていた。

その晩――寿海は百鬼丸の右腕を取って小刀を顕わとし、その刃を自らの腕にあて、ぐさりと深く食い込ませた。

「……解るか？　生き物には痛みというものがある」

寿海の腕から、見る見る血が溢れだした。

「これが痛みだ。解るか？　感じるか……!?」

百鬼丸の身が震え、目に涙が浮かんだ。寿海の体の痛みを、そのままに感じたのだ。

そうして、寿海は考えた――。

(狩りを仕込まねば。怯まずに刃で斬り殺すということに、慣れさせておかねばならん。魔も肉の身を持って生きるようになっておるなら、痛みも傷つくことへの恐れも感じるかも知れぬ。戦うその時になって、相手の痛みや恐れに怯み一瞬のためらいが生じたら。それがこの子の命取りになるやも知れん。教えておかねば――斬る――ということを)

斬れ――怯まずに、斬れ。

知れ――然れども、知れ。

磨け――何処までも磨け。

今の己の限りを超え、次の己の限りを超え、何処までも何処までも何処までも磨け。

刃の技を、心の強さを、果てしなく、果てしなく、果てしなく鍛え上げよ。

鬼と思われてもよい、慕いが遠のいてもよい、儂に出来ることはその手引きだけだ。

斬れ、知れ、磨け――お前は身も心も、世人には耐えられぬほど強くならねばならぬ。

（或いは、このまま儂と二人でこの山の中で生きてゆくという道もあるのかも知れぬが）

（しかし、そうした甘い夢にすがって座してはいられぬ、やはり備えておかねばならぬ）

（あの琵琶法師が語った、忌まわしき縁《えにし》が立ち現われる日がいずれ来るかも知れぬなら）

そのようにして寿海は、来る日も来る日も来る日も百鬼丸を鍛え上げていった。

これでよしと息子を認め、その労をねぎらう言葉をかけることもなく、毛筋ほどの気の緩みも許さずに、鬼の如くに百鬼丸を鍛え上げていったのだ。

そして、十余年。

百鬼丸は美しい青年となった。

尤も、その頃の百鬼丸を見て、正しく年齢を言い当てられるものは少なかったろう。よしや、問われて答えた数が正しかったとしても、そう答えた当人がどこかしら違和感を覚えたはずだった。

常人を離れて自らを鍛え上げてきたことが並ならぬ落ち着きを与えた一方、全く世間を知らずにいたことが子供じみた幼さを保たせて、その頃の百鬼丸は、その両者の合間から全く年齢不詳の趣を醸し出していた。

そうして——春、寿海が夥《おびただ》しい喀血《かっけつ》を見せる日を迎えることとなった。

「お父ちゃん……!?」

速駆けの鍛錬を兼ねた薪拾いに出ていた百鬼丸が、住居の戸口に呆然と立ちつくし、そう洩らした。

夕刻近く、薄闇に覆われた中、寿海が冷えた土間に臥《ふ》して、その口元から夥しい血を溢れ出させていた。まだ立っていた折に最初の喀血が訪れたのであろう、その傍らには、力強く叩きつけたかのように真っ赤なほとばしりが散らばっていた。

「お父ちゃん!?」

百鬼丸は寿海に駆け寄り、抱き起こした。

その時の寿海には肌に広がった生暖かさと胸の痛み、そして鉄《くろがね》臭い血の味は、ことさら意外なものではなかった。

(来たか)

血を吐く寸前、寿海は心のうちで、そう呟《つぶや》いた。

その一月ほど前から似たような胸の痛みを、時には口中に鉄の味を感じていたのである。

「お父ちゃん、どうした!? 何で、口から血なんか出しちまったんだよ!? 大丈夫か!?」

今にも泣き出しそうにうろたえた百鬼丸に、寿海は言った。

「儂が死んだら……この家を焼け。この家にあるもの、全てを」

百鬼丸には寿海が何を言っているのか、全く理解出来なかった。その心の奥底を見て取ろうともしたが、父親はそこを固く閉ざしていた。

寿海は鬼となる決意を固めた時から、心を閉ざす訓練をはじめていた——それを身につけておかなければ、『倅』に、まだ知るべきでないことを、知らずに済むなら知らぬままでいた方がよいことを、まだ幼い心に伝えてしまうことになるからだ。

寿海は死力を振り絞って、百鬼丸の腕の中から立ち上がった。

「お父ちゃん、駄目だ、寝てろ！　な、寝よう!?　布団を敷くから！」

しかし、寿海は耳を貸さず、硝子の長桶の方へ体を引きずり、残る左腕を取り出した。

「付けろ——もう、はずさなくてもいい」

「お父ちゃん……!?」

「『百鬼丸』を使う時以外は」

そうして、左腕が取り付けられた。

双方の切断面から白い泡が沸き立ち、百鬼丸は何処から見ても、ただの青年となった。

「——倅よ」

と、寿海は言った。

寿海は百鬼丸を『倅』と呼ぶようになって以来、徹頭徹尾そう呼びかけ、息子に名を与えることは避けて来た。

彼には実の親が付けた名が、すでにあるかも知れなかったからだ。

寿海は血を吐いた身以上の胸苦しさを、心に覚えながら言った。

「あの服を来て、山を降りろ」

あの服――寿海が想じたものを、百鬼丸は見て取った。

錨の柄の上等な布を用いて、しばらく前に寿海が縫ったものだった。

寿海がそれを縫っていた時、百鬼丸はその手元を覗き込んで言った。

「何だ、お父ちゃん、その服。えらく上等な生地じゃねえか？」

「お前も、いずれはめかしこんで外に出なけりゃならんこともあるかも知れんからな」

「えっ、こりゃ俺のかい？　俺が着ていいのか⁉」

「男ぶりが上がるぞ」

百鬼丸は、山の外には様々な村や街があり、様々な人々が生きているということを、寿海から様々な記憶を見せられて知っていた。そして今、そのそこここで『戦』というものが行われており、それが一体どんなものであるかということも見聞きしていた。

『戦』はおぞましく、『街』は愉しげだった。

百鬼丸は寿海が嫌うように『戦』を嫌い、そして『街』には憧れを抱いていた。

その街に行ける。

それもこんなめかしこんだ一張羅を着て——百鬼丸は無邪気に喜び、その日が来るのを楽しみにし、時には、

「お父ちゃん、街にはいつ行くんだ？」

そう寿海に問いかけたこともあった。

だが、お父ちゃんは——こんな時に、血なんかに濡れた口で、あの服を着ろという。

「そんなことしてる場合かよ、街なんかいつだって行けるじゃねえか！　今は寝なきゃ駄目だって、お父ちゃん！」

寿海は言った。

「儂は……お前の父ではない」

百鬼丸は、呆《ぼう》、と固まった。

「何言ってんだよ……お父ちゃん」

百鬼丸は己の心が震えるのを誤魔化すよう、歪んだ笑みを湛えた。

しかし、百鬼丸はその時、寿海の脳裏に描かれた記憶を垣間見た。

——流れてくる盥。

——その中で蠢いている異様な赤子。

——それを包んでいた錨柄の布と、添えられてあった桐の柄《つか》の小刀。


「お前は……儂の子ではない」

百鬼丸はあたりの全てが溶け消えていってしまうように感じ、恐ろしくなった。

「違うよ……お父ちゃんだ。お父ちゃんは、お父ちゃんだ。お父ちゃんがお父ちゃんでなかったら、誰がお父ちゃんだってんだよ!」

「焼け。この家にあるもの全てを」

「何で……!? そうだ、お父ちゃんも俺みたいに——悪いところを取って、新しいのを付けるんだ! そうすりゃ、いつまでも生きられるじゃねえか! そうしよう! それを焼くだなんて、おかしくなっちまったのか、お父ちゃんは!?」

「焼け」

「嫌だ……!」

「焼けっ! この術が、渡ってはならぬものらの手に渡ったら、一体どうなる!?」

寿海は医の道を捨ててからはじめて、その恐ろしさに気づくことが出来た——。

「飽くことなく戦を続けておるもの達にこの術が渡り、斬られても死なぬ体を、傷ついても塞がってしまう体を与えるようなことになったら、この世は一体どうなると思う？儂の術が世に出れば、それは必ずや、強大な力を持ったものらの手に占められることとなる。よしや、儂が救おうとした力なき人々の元へ先に届けられようと、やがて力あるもの達の知るところとなれば、それは力ずくで奪い去られ、その門外には出されぬこととなろう」

志を強く胸に抱いていた間には、その良き一面しか脳裏に描かれなかった——。

「今が穏やかな平時であればまだしも、この戦乱の続く世においては、儂の術は悪魔の所業以外の何ものともなり得まい——斬られても死なぬ体、痛みも覚えずに済む体——次第によっては、この世が永久に地獄と化すこととなるやも知れぬ。人は、死ぬ時には死ぬのが道理……必ず焼け。いいな……!?」

「お父ちゃん……!?」

そして寿海は口を閉ざし、心を閉ざした。

「——なあ、お父ちゃんだろうッ!?」

そうして間もなく、肉の身の命をも閉ざしたのだ。

百鬼丸にとって、世の全てでもあった住居が紅蓮《ぐれん》の炎に包まれた。

寿海の最後の言葉は、

「いいな、火には絶対に近づくな……！」

というものであった。

『水』から出て以来、百鬼丸はその言葉を繰り返し、聞かされて来ていた。寿海は温点のない百鬼丸に火の恐ろしさを教えるため、その燃え盛る中に自らの掌《てのひら》を差し入れさえした。そうしなければ、火の恐ろしさを百鬼丸に教えることが出来なかった——。寿海は最後の最後まで百鬼丸の身を案じ、死んでいったのだ。

百鬼丸は寿海の言いつけどおり、炎から離れて立っていた。温点や痛点はなくとも、触点は人並みに生きていたため、熱風が押し寄せれば髪や服がなびいて、その感触で炎との距離感をつかむことが出来た。

が、目の前でどれだけ炎が逆巻こうと、百鬼丸は闇の中にあった。それまでに一人で歩けるよう訓練させられていたため、身動きに関しては何の問題もなかったが、寿海がいなければ『見ているもの』が伝達されず、視界的には闇が広がらざるを得なかった。

だが、その時の闇は、ただ見えないということとは全く違った意味を、百鬼丸に与えていた。

お父ちゃんが死んだ。自分は独りになってしまった——その想いとともに訪れて来た闇。それはただの視覚上の闇ではなく、絶望の有様そのものであった。

百鬼丸は家が、世界が、崩れ落ちる音も聞かなかった。

ただ、わずかに遅れて押し寄せて来た熱風に、そのことを想わされるしかなかった。

やがて、じわじわと、じわじわと、静寂が忍び寄ってきた。

家が完全に焼け落ちて炎が収まりゆき、髪や服のなびきが静まってゆくのを、百鬼丸は静寂が迫ってくるように感じ取った。

闇に続いて——無辺の静寂が訪れた。

その中で百鬼丸は固くうずくまった。

それ以上、身を縮めることが出来ぬほど、小さく小さくうずくまった。

その場を動くことが出来なかった。

寿海が縫ってくれた一張羅など、微塵も嬉しくなかった。

闇と静寂——その二つが、その時の百鬼丸にとって全てであった。

その時、それがやって来なければ、百鬼丸はその場にうずくまり続け、身を衰弱させ、そのまま干からびて死んでいたかも知れなかった。が、それはやって来たのである。

——声が。

百鬼丸が一度も聞いたことのなかった、寿海の記憶の中にも聞いた覚えのなかった、低い、しかし酷く落ち着いた声が、何処からか聞こえてきた。

「……小僧」

あたりのそこここに蛍が明滅するよう、静かに、ゆるやかに、妖しいつむじ風が立ち現われては消え失せていた。

「……誰だ……!?」

百鬼丸は見えぬ目、聞こえぬ耳で、あたりを窺った。

「小僧……知っておるか？　お前の体を奪うたのは、四十八の魔物ども」

(魔物？　魔物って何だ……!?)

百鬼丸は地獄堂にまつわる一切を、寿海から聞かされていなかった。寿海は、それを語ることは自分の任ではない、と考えていた。自分がなさねばならぬことは、ただその時が来てしまった際に、百鬼丸の身に及ぶ危険が少しでも少ないように備えておくことだけ——その時が来ないで済むのであれば、百鬼丸の体の方々がどうしてなかったのか、その理由などは報せない方がいいと思っていたからだ。そうであったからこそ、百鬼丸が盥に乗って流れてきたことさえ、伝えずにいたのである。

そうして——、

「四十八の魔物……」

という低い声に伴い、百鬼丸の脳裏に何ものかの記憶が流れ込んできた。

百鬼丸は凍りついた。

（何だ……何だ、これ……!?）

地獄堂。

琵琶法師でさえ詳らかには見たことのなかった、奇怪極まりない、まるで生きているかの如き魔像達の姿が、百鬼丸の脳裏にありありと立ち現われて来た。

それは真に迫っているなどという言葉では到底足りぬ、凄《すさ》まじく怖ろしい造形だった。

邪悪というものが凝り固まった、まさにそれそのものを見ているような姿、姿、姿――あたりの何処を見渡しても、悪意が、強欲が、狂気が、嘲笑《ちょうしょう》が、邪《よこしま》な知恵が、果てしのない闇の中に犇《ひしめ》きあっていた。

（……取り囲まれた）

百鬼丸は、言い知れぬ恐怖を覚えた。

しかし、百鬼丸にはそれを全くはじめて見知ったようにも、どこか思われなかった。

（知ってる……俺はこいつらを知ってるのか？　体を奪われた？　いつ？　どこで？）

百鬼丸は、必死に記憶の奥底を探った。

（流される前）

（あの盥の前）

（母親の——）

（胎《はら》の中で？）

百鬼丸は、かつて寿海に問うたことがあった。

「俺のお母ちゃんは？」

寿海は何も答えず、ただ物悲しげな微笑を浮かべて、百鬼丸の頭を撫でた。

百鬼丸はその後も幾度かそう聞いたが、いつも同じような笑みと無言が返って来るばかりであったため、やがてそれを問わなくなった。

問わないようにした。

そう問えばお父ちゃんが哀しむと、幼な心に思ったからだ。

（お父ちゃんがいるから、それでいいや）

そう思うようにしていた——しかし。

「儂は……お前の父ではない」

じゃあ、誰が？　あの『声』がそうなのか？

『声』が言った——。

「お前は四十八の魔物どもに、体の四十八ヵ所を奪われた。そして魔物どもはお前の体を使うて人々をたぶらかし、とめどなく浅ましき喜びを貪っておる。お前の道は、お前が選べ。いつまでもここにいたければ、それも良い。ただ、もし元の体を取り戻したく思うなら、その左腕の破邪の刃――『百鬼丸』で、四十八の魔物を斬り伏せよ」

（この声は一体何を言ってる？　解らねえ。言ってることがまるで解らねえ……！）

混乱する百鬼丸の脳裏に、また別の記憶が兆してきた。

琵琶を持った、坊主頭のような白髪頭のような、初老の男の姿が見えたのだ。

（誰だ。今のが俺の本当のお父ちゃんなのか？　違う、俺のお父ちゃんはお父ちゃんだ！　あのお父ちゃん以外に、俺のお父ちゃんはねえ！）

百鬼丸は酷く混乱しながら、しかし、我知らず『声』に問い返していた。

「『百鬼丸』……？　どうして、この刀の名前を知ってる？　お前は誰だ……!?」

しかし、『声』は百鬼丸の問いには答えなかった。

「魔物を斬り伏せれば――奪われた身は、その度にお前の身に取り戻されよう。魔物どもと出会いたくば、そう求めて旅しさえすれば良い。お前はおのずと、魔物らに巡り会おう。求める心と奪われた身が呼び合うて……そこに、縁《えにし》が立ち現われよう」

「何で……!?　どうして俺は、体を魔物どもに奪われた……!?」

「その答えも、いずれはおのずと知れてこよう――お前が切に知りたいと願うならば。しかし、重ねて言う。いつまでもここにいたければ、それも良い。育ての父が作ってくれたその体をよしとし、過去を何一つ知らずとも良いとするなら。しかし、また重ねて言う。魔物どもはお前の体を使うて人々をたぶらかし、浅ましき喜びを貪っておるぞ。全ては、お前次第。何を望むも、何を望まぬも、全てお前次第……」

声が遠のき、つむじ風が収まりはじめた。

「待て！　もっと話を――！」

――静寂が蘇った。

しかし、その時にあった静寂も、闇も、しばらく前に百鬼丸を覆っていたものとは、また趣を変えていた。それはもはや、絶望ではなかった。

ただ、〝全く見えない〟という、不明の闇だった。

その闇の中で百鬼丸は得体の知れぬざわざわとした混乱を覚え、心の中で己に問うた。

（何だ？　今のは何だったんだ？　俺はあの声を知ってるのか？　知らない。あの琵琶を抱いた男は誰だ？　知らない――知る訳がない。なら、あの魔物らは？　それは――知ってる、のかも知れない。奪われた？　魔物に体を？　どうして？　俺は誰なんだ？　求めて旅すれば解る？　そうすれば元の体が戻る？　四十八の魔物を倒せば……？）

(元の体──俺はそんなものが欲しいのか？　いらん！　この体だけで、お父ちゃんが術で作ってくれた体だけで十分だ！　これ以外は何もいらん！　けど、『百鬼丸』。破邪の刃？　お父ちゃんは、どうしてそんなものを俺の腕の中に仕込んだ？　お父ちゃんは、俺に何かをさせたかったのか？　どうすりゃいい？　魔物が人をたぶらかしてるだと？

俺の体を使って、魔物達が？　お父ちゃんは、それをどうにかしたかったのか？　そうなのか？　術を残せなかったから、悪い奴らに渡す訳にはいかなかったから、せめて、術で作ったこの体を使って、魔物らをやっつけろって？　何か違うことに役立てろって？　だから、俺に剣術を教えたのか？　そうなのか？　それがお父ちゃんの望みなのか？　なあ、何とか言ってくれよ──お父ちゃん──お父ちゃん──お父ちゃん！)

──儂は、お前の父ではない。

(お父ちゃんだってんだ！)

──父ではない。

(なら、誰が!?)

百鬼丸は再び咽《むせ》びはじめた。叫ぶように泣き続けた。

そして、涙が涸れ果てた時──うずくまることをやめ、静かに立ち上がった。

東の空が、朧に明るみはじめていた。

五

琵琶が爪弾かれた。

「そうして二度目にすれ違うた時……あ奴はすでに、三つの魔物を倒しておってな」

琵琶法師は、どろろに言った。

「儂があの家を去ってからの次第は、その二度目に会うた時に聞いたのだが……何とも、暗い顔をしておった。否、暗い、というよりも――」

冷たい――と言いかけて、琵琶法師はその言葉も捨てた。そこには灼熱《しゃくねつ》も宿っていたからだ。その時の百鬼丸は、熱狂と虚無感を同時に備えていた。喜びや穏やかさ、そうした朗らかなもの以外の一切を、どす黒く一つの渦に逆巻かせていた。

「あの山を降りてから、あ奴は一体どんな目に会うて来たやらな……？」

「おぅおぅ、ちょっと待てちょっと待てちょっと待て」

と、どろろは頭の中を整理するように言った。

「つまり、あの歌姫やってたカニ爺イは、あの野郎の体の四十八のうち、右脚の膝から下ンとこをパクッてた奴だったってこったな？　で、あの野郎の脚のお陰で、カニ野郎は生身の体を持ってた。が、そいつをブッた斬ったから、アイツに右脚が戻ったと」

「知らんわぇ、儂は何も見とらん——その魔物を斬り倒して、そこが生えて来たんなら、そうなんじゃろ」

「トボケたことぬかしやがって。けど、そっか、アイツは体をパクッたんじゃなくて、パクられたもんを取り返してたンかよ。なるほどな、目ン玉パクってた野郎を殺《や》りゃあ目ン玉が戻り、胃袋パクってた野郎を殺りゃ胃袋が、って話かい——けど、解ンねえな。こりゃ根っこは一体どういう話なんでぇ？」

「根っこ？」

「四十八の魔物の話なんぞ、あの一幕を見てなきゃ、ンな馬鹿な話があるかいっつって、てめえの頭シバキ倒してるところだが、ま、見ちまったものは仕方がねえ——アイツが本当にその地獄堂の魔物どもに体の四十八ヵ所を獲られっちまったんだとして、だ」

「『何故に、体を獲られたのか』……？」

「おうよ。そいから、何で魔物は縛り付けられてたのに自由になれたい？　寺の坊さんは何で首を刎ねられてたい？　解んねえことだらけだろ、話の根っこんとこがよ？」

「知りたいか？」

「知りてえよ」

「あ奴はもっと知りたがっておるじゃろうな」

「……そら、そうだろな」

「が、まだ見出してはおらんようじゃの」

どろろは微かに同情を覚えた風に、わずかに渋く顔を曇らせた。

「その答えを……探す旅をしてるって訳かい？」

「それは、あ奴に直に訊け」

「てめえも、根っこの訳は知らねえんだな？」

「そいつは何ぞ聞こえてきた『声』とやらに訊きゃあどうだい」

「チッ、ぬかしやがれ――しかし、何だな。あの野郎、一発目の魔物に出くわした時、どんな気分でやがったのかね？　ここで会ったが百年目！　か、でなきゃ小便洩らして腰ぬかしやがったか」

「さてな。あ奴は山を降りてからのことは、一言も口にせなんだ――ただ、呪い医師のお父ちゃんの話をしただけで」

「お父ちゃん――なあ」

どろろの顔がいよいよ同情に曇り、その心が湿った気配を琵琶法師が嗅ぎ取った。

「……おう、も一つ聞かせろい。二度目に会ったのってな、そりゃどこでどしたんでえ？」

＊

その姿を先に認めたのは、やはり琵琶法師の方だった。

五年ほど前の、秋の夕暮れの薄野原《すすきのはら》でのことである。

薄の綿毛や茜蜻蛉《あかねとんぼ》の羽根が陽に映え、ふわりと、またちらちらと、冷え込んだ空気の中に淡い煌《きらめ》きを散らしていた――その中を、地に長く伸びた木立の陰よりも一層暗い衣をまとった百鬼丸が、その衣よりも一層昏い足取りでやって来た。

「百鬼丸、じゃな？」

その時、二人が出会ったのは偶然だったのか、それともやはり縁《えにし》の類だったのか――それを琵琶法師に問うたなら、彼は「全ては縁よ」と答えたことだろう。

琵琶法師は、「？」と立ち止まった百鬼丸に向けて、幾つかの記憶を想じてみせた。

百鬼丸は心の準備を整える間もなく流れ込んできたものを見、それ以上呑めぬほどに息を呑んだ。


――朧な地獄堂。

――かつての山の中の住居。

――『百鬼丸』の銘を読む寿海。

百鬼丸は愕然《がくぜん》と震え、その記憶の出所を逃すまいと半ば慌てるが如くに『百鬼丸』を抜き、その切っ先を琵琶法師に突きつけた。

「一体、誰だ……!? お前、何を知ってる……!?」

百鬼丸は夕陽に映える『百鬼丸』の切っ先を、茜蜻蛉の羽の如くに震わせ、思った。

まさか、あの『声』の主か――でなければ、『声』が聞こえてきた時に垣間見えた、あの琵琶を持った坊主頭のような、白髪頭のような男か。琵琶を。琵琶……!?

――切。

と、法師は琵琶を一つ爪弾いた。

法師の心から送られた、その琵琶の手触りと音を察して、百鬼丸はそれが誰かを了解したが、その男が何者であるかは依然判らず、余計に疑問を膨らませた。

「何者なんだ、お前……!?」

「ただの旅の語り部よ」

琵琶法師は地獄堂や『百鬼丸』、そして寿海と関わってきたことどもについて語って聞かせた。ただ、寿海が伏せて来ていたことについては、彼もまた伏せ――。

一方、百鬼丸は『声』を聞いて山を降りるまでの顛末を語り返したが、そこから先についてのことは、やはり伏せて――。

「それは、お前には……関係ねえ」

昏い貌――混乱と絶望が幾重にも折り重なり、その奥底から黒く忌まわしいものが沸々と発酵して来ているようだった。

百鬼丸は問うた。

「その地獄堂の寺……何処にある？」

「行っても、もう何もあるまいよ。焼けて十数年――こんな時勢じゃ、引き継いで住職になる坊主もおらず、無人の山庵として荒れ果てておるらしいわぇ」

「何処だ……!?」

「行ってみねば気が済まんか。まあ、お前さんとすれば、そうなるのかも知れんやな」

「何処だっ!?」

「かつて、室戸《むろと》の領地であった山の中よ」

琵琶法師はその詳しい場所を教え、そして百鬼丸に問い返した。

「して、お前さんは――もう魔物を一つでも倒したのか？」

「……今、三つ」

「ほう、それはまた剛毅《ごうき》な。で、何処が戻った？」

「お前には関係ねえ」

「ふむ、尤も——して、お前さんはこれからも魔物を倒してゆくつもりなのかね？」

百鬼丸は答えなかった。が、漲っていた荒れた気配が微塵も揺らがなかったところを見ると、どうやらそのつもりであるらしかった。

「されば……どちらがお前さんの望みなんじゃね？」

そう言われ、百鬼丸のうちで揺らがずにあった何事かが微かに揺らいだ。琵琶法師が問うた意味をつかみかねたらしい。琵琶法師は補って言った。

「お前さんの目当ては、魔物を倒すことか、それとも元の体を取り戻すことか、と」

百鬼丸はいよいよ揺らいだ。返答に困ったらしい。というよりも、己がどうしようとしているのか、どうしたいのかを、解っていなかったようだった。

「お前には……関係ねえ……！」

「うむ——それも、尤も——ただ」

「……!?」

「魔物を倒すことが目当てなら、何とも殊勝な、と、このハゲ頭も垂れるところじゃが、元の身を取り戻すのが目当てなら、そりゃまた御苦労なことじゃわい、と。その『声』とやらが申したように、『求めぬ道』もあるのならば——」

「お前に何が解る……!?」

「解らんよ——その面構え、滲む気配。山から降りて一体どんな目に会うたやら。このハゲ頭を朧に巡らせてみたところで、そんなものはまるで見当違いの底の浅い夢幻《ゆめまぼろし》の類やもな」

と、百鬼丸のうちで熱く滾《たぎ》りだしていたものが、にわかに冷めた。

己の悩み苦しみを解ってくれるものは、この世に一人もいない——。

そう思ったらしき寂しさが、その貌に滲んだ。

切、とまた一つ、法師が琵琶を爪弾いた。

あたりは、とうに夜闇に包まれていた。

百鬼丸は左腕を掲げ見せながら、

「……まだ、借りとくぜ」

そう言ってきびすを返し、琵琶法師の元を去った。

＊

「それがすれ違うた二度目で、先ほどが三度目——」

「で、あの野郎、結局その寺には行ったのか？　地獄堂の」

「行ったと先ほど言うておった。もう本堂も崩れ、石段も草に覆われ、掻き分けながら登らねばならなんだと」

「で、何にもなかったのかい」

「のようじゃな」

どろろは溜息のような、疲れたような、短い息を洩らした。

「お前さんは……あ奴に情けを覚えるかね？」

「や、全然」

その即答に、琵琶法師は白濁した目と、白髪の中にあった文銭ハゲを点にさせた。

「……全然？」

「そら、幼えガキの時分の話にゃ想うところもねえこたなかったかも知んねえが、育って色々毛なんぞ生えちまや、もうハナクソほどにも思わねえな。何が『何に見える』だ、くだらねえハッタリかましやがって。要はただのチンピラかよ……!?」

「……チンピラ？」

「だろうがよ？『何に見える』とか、えっれえ勿体ぶってぬかしやがるから、そりゃまるっきり思いもよらねえような物凄え正体が実は!? とか思うだろ、普通？ それが何でえ、要は用心棒とかケチ臭えことやりながらウロウロしてるただの人かよ!? 虚仮《こけ》脅しにもホドがあらァな、ざけやがって。それがチンピラでなくて、何でえ……！」

琵琶法師は絶句し、やがて肩を震わせはじめた。

「何、笑ってやんだ、てめえ……!?」

「いや。『ただの人』か。そうじゃな――そのとおりじゃわ。恐れ入った」

「ああン？　まあ、今まで恐れ入ってなかったてめえを恥じとけ、ハゲ祭り」

「長年琵琶を抱いてきたが、ここまで語りを台無しにされたのははじめてじゃわ」

「や、そんなてめえのつまんねえ話なんかどうでもいいんだ。そいで、ところでよ？」

――言いかかった時、どろろは舌を打ち、自らの言葉を打ち切った。

「いやがったァ！」

と、シャケが一尾、彼方からどろろを認めて駆けつけてきたのだ。

「しつっけえな……!?　解ったよ、返すよ、返しゃあいいんだろ!?」

どろろは巾着をシャケに投げ渡した。

と、シャケはそれをつかみ取り――「？」と固まった。

その巾着を握り締めた手の甲から、釘が二本ばかり突き出していた。いつの間にか、巾着の中に研いだ釘を忍び込ませてあったらしい。

「……うわぁあああああああああああああッ!?」

シャケが蒼褪《あおざ》めて叫んでいる間に、どろろは素早く駆け寄り、その股座《またぐら》をしたたかに蹴り上げた！

シャケが何処から漏れたかも解らぬような妙な呻《うめ》きを一つ吐き、その場に崩れ落ちても、どろろはその股座をあらん限りの力で幾度も幾度も踏みつけまくった。

「お前さん、何もそこまでせいでも……？」

琵琶法師が見かねた様子もなく、だらんと見やったままそう言うと、

「蛇のアタマと男のタマは、キチンと潰しとかねえとよ！」

どろろはそうしていつ果てるともなく延々と踏みつけ続けながら、

「で？　あのチンピラ、そういや名前はよ？」

「そういや、知らんな」

「はあ!?　じゃ、今、幾つ体を取り戻してやんでぇ……!?」

「……はて、それもそういや？」

「てめえ、そんでも噺家かよ!?」

「語り部と言え」

かくてシャケの口から泡が溢れ、瞳孔《どうこう》がぱっくりと開いたのをどろろは確《しか》と検《あらた》め、

「よしっ」

「よし、かぇ」

そうして巾着を取り戻すと——琵琶法師が、すっ、と掌を差し出した。

「何でえ、雨でも降って来やがったか？」

「語りを聞いたら、たまには木戸銭でも払うてみるのも乙ではないか？」

「てめえは人にちょいとお尋ね申されたら、金銭要求しやがんのかい？」

「お前さんは人にモノを尋ねたら、いつも膝抱えて聞きなさるのかい？」

「んっとに、腹立つ野郎だな……！　じゃ、も一つ聞かァ。答えられたら払ってやら」

「何じゃい？」

「あの『百鬼丸』か？　化けモン吹っ飛ばしちまう刃――アイツで人を叩っ斬ったら、一体どうなりやんでえ？」

「……何じゃと？」

「人も吹っ飛ばす力持ってやがんのか、って聞いてんだ」

　琵琶法師は答えられなかった。そう聞くどろろの意図を測りかねた。

「――答えられねんなら、払わねえ。ま、ただのチンピラってことなら、怖れるこたァ何もねえやな。おう、琵琶ッパゲ。今度会った時ゃ、俺がてめえに話を聞かせてやらァ。そん時ゃ、カッチリ木戸銭払いやがれよッ!?」

　そう笑って言い、どろろはいきなり駆け出した。

「おい!?」

琵琶法師はその背を呆然と見送り、行く手の角から現われた二尾目のシャケの股座も蹴り飛ばしてどろろが去っていったのを見て、小さく笑みを洩らして呟いた。

「これも……宿命《さだめ》、と働けば……面白いことにもなるやも知れぬが……？」

どろろは走った。通りの人いきれの中を巧みに縫って走り、走り、走った。

その行く手の路傍に、猿と猿回しがあった。

法被《はっぴ》を着た猿は太鼓の音に合わせてくるりと宙返りなどきって見せ、あたりに愛嬌を振りまいていたが、不意にその野性に危険の報せを閃かせた。猿は素早く振り返って、そこにどろろが突っ込んで来ていたのを認めるや、

（――イカン！）

とでも思ったか、地に前脚をつき腰を振り上げ、シャー！　と牙を剝いて威嚇《いかく》したが、どろろは猿よりも速くその額にデコピンを食らわし、猿回しから太鼓と撥《ばち》を奪い取って駆け抜けていった。

（ようよう、見ろよ凄えぜっ!?）

そうして、また行く手の角から飛び出して来て、出くわした三尾目のシャケの股座に素晴らしく鮮やかな後ろ回し蹴りを叩き込んで、無頼の街から駆け出していった――。

六

東の空に、夜が明けようとしはじめている気配が微かに滲んでいた頃。

百鬼丸が立ち止まった。

振り返ると、そこにはもう街から遠く離れた、寂れた街道と闇があるばかりだった。

静寂。路傍の道祖神。それを半ば覆う冬枯れの草——。

目の利かぬ百鬼丸には、その道祖神の陰に潜んでいる気配しか嗅《か》ぎ取れなかった。

しかし、百鬼丸は、誰だ、とも、出て来い、とも言わなかった。

それが魔物でさえなければ、全くどうでも良かったからだ。

「……へへえ」

と、道祖神の陰から枯れ草を割って、どろろがひょっこりと顔を出した。見抜かれちまっちゃあしょうがねえ、そう観念したように、どこかバツの悪そうな笑みを浮かべて道に歩み出、首から下げた太鼓を景気良く打ち鳴らしはじめた。

「あ、そーれ、そーれ、そーれイ！」

そうして足取りも軽く百鬼丸に近寄りながら、

「はーい、あンなたのおン名前、なんてぇ〜の？」

静寂。無表情な百鬼丸。彼方から微かに聞こえる雪雷――。

「……俺が馬鹿かよ、てめえ？」

と、百鬼丸の顔がわずかに曇った。

（……ガキか？）

そこにいる馬鹿が、先ほどの酒場にいたうちの一人と同じであることはすぐに解った。

しかし、あの時は女かと思っていたのだが――その時の百鬼丸の心には、どろろは十歳ほどの悪ガキのように映った。どろろの姿を見ている第三者の目がないため、どろろの内面しか映って来なかったのである。

（……いや、やっぱり女だった）

百鬼丸は酒場の件を思い返して、改めてそう見定めた。もう一人の男の方が、確かにそいつを女だと見ていたはずだった。

こうした場合、百鬼丸の内には、その『印象』が映りこむこととなる。ツキノワ熊がどろろを雌猫と見ればその印象どおりの姿に、また天女と見ればやはりそのとおりの姿で伝わることとなる。それは雌猫のような、悪ガキのような――。

「……女か」

すると、どろろは怒気を湛えて即座に返した。

「馬っ鹿野郎、俺ァ男だ！　どこに目ぇつけてやがんだよ、このワッサワサの胸毛でも見やがれってんだ、こん畜生！」

と、どろろは百鬼丸の目が見えないのをいいことに、胸元を幾らかはだけて見せた。

その胸はさらしできつく巻かれ、どこか頑ななまでに膨らみを閉じ込めてあった。

が、百鬼丸はそれを伺おうとすらせずに、ふらりときびすを返し、歩きはじめた。

「って、何だおい……!?　よう、名前くれぇ教えろよ！　教えねえと、凄え変なの勝手につけて、大声で呼びまくんぞ？　ようし、そんならおめえは――」

どろろの脳裏に次々と品のない言葉が想起されたのを、百鬼丸は敏感に感じ取った。

「……聞くなら、先に名乗れ」

「盗っ人に決まった名なんかねえよ。んなもんがあったら、とっととお縄になっちまわ」

「なら――同じだ」

「あン？」

百鬼丸は立ち止まって言った。

「決まった名はない……ボウズ。倅。百鬼丸。どろろ」

と、どろろは――まだその名を名乗っていなかった女は、その響きに何かしら感じるものを覚えた。

「どろろ? そいつァなかなか泥棒家業の俺様にゃピッタリの……うし、もらった! んじゃあ、俺はどろろ! おめえは百鬼丸! ここァ、それでいこうじゃねえか!」

その時、あたりの闇の中に音もなく白いものが、ふわりと舞いはじめた。

その年の初雪であった。

それが舞いはじめた中で、どろろは『どろろ』と名乗りはじめ、百鬼丸は『百鬼丸』と改めて名を冠されたのである。

「あの琵琶ッパゲから聞いたぜ。百鬼丸ってなァ、その左腕の隠れた刀のこったろ? どろろと百鬼丸——悪かねえ。てなこって、最近調子ゃあどうでえ、百鬼丸の兄貴!?」

どろろは馴れ馴れしげに笑みを湛えて百鬼丸の左腕を取ったが、百鬼丸は強くその手を振り解いた。

「触るな……!」

どろろは百鬼丸から顔をそらし、やり難ィな、と舌打ちをした。そうして、再び歩き出した百鬼丸をさらに追い、

「ようようよう、ようってようって! お仲間が嫌だってえなら別に構やあしねえや、そんなこた。けど、兄貴、一つだけ聞かしちゃアくんねえかい? そのおかしな刃ァ、人斬っても、あの化けモンみてえにフッ飛ばしちまう力があんのかい?」

どろろは性質《たち》の悪い猫のような、挑発めいた笑みを湛え、そう問うた。

すると、百鬼丸はどろろを見据えるようにし、その口を開かぬままに、

〝試してみるか……？〟

と、言葉をどろろの心のうちに送り込んだ。

ぎくり、と、どろろは微かに怯んだ。事の次第は知っていたとはいえ、口を開かずに言葉を喋られるというのは、間近で目の当たりにすると、やはり異様なものがあった。

そして、百鬼丸は素早く『百鬼丸』を抜き放ち、その切っ先をどろろに突きつけた。

「ついて来るな……！」

どろろは固唾《かたず》を呑んだ。こら、やべえか？　いや、舐《な》められてたまっか——そう思い、

「……つわれて、畏《かしこ》まりましたなんて盗っ人はねえよ。俺ァ絶対そいつを頂くかんな？」

訝しんで、『百鬼丸』の切っ先から殺気が失せた。その一瞬を捉え、どろろは後ろに一歩跳び、トーン！　と太鼓を打ち鳴らして、百鬼丸の殺気を根元から霧散させた。

（ケッ、猫騙しにすくわれるたあ、まだまだチョロイ野郎だぜ——これなら勝てるな）

「ほら、とっとと歩きねえ？　どこでも気の向くまま、足の向くまま行きやがれ！」

百鬼丸は酷く気に入らぬよう、どろろを睨《にら》むような気配を滲ませ、歩きはじめた。

雪はいよいよ目立って降りはじめていた。

「――おぅおぅおぅ！　この世ァ力だ、白刃も黄金もみんな力よ、そうだろイ⁉」

どろろはすっかり明るくなった街道を行きながら、折に太鼓を叩きながら言った。

「そいつが人も吹っ飛ばす力を持ってやがんなら、そいつがありゃア天下も頂戴出来るかも⁉　ってな！　天下の大泥棒なら、しめえの獲物ァどうしたって天下そのものよ！さあさあ、頼むぜ兄貴、また化けモン叩っ殺して、景気良く吹っ飛ばしてやってくれ！して、左の腕が生えて来りゃあ、そのお宝刀も一緒に抜けっちまうんだろが⁉　するってえと、そこをこの獲物を狙うハヤブサのような天下の大泥棒、どろろ様があ！」

そのどろろの耳障りな太鼓と喋りは、日がな一日延々と続いた。百鬼丸は努めて無視しようとしたものの、日がまた沈もうとした頃には腹の底からキレかかっていた。が、百鬼丸は尚も耐え難きを耐え、忍び難きを忍び、必死に無表情を取り繕って川のほとりの水神祠のある木陰に寝転がり、無理から寝てしまおうとしたのだが、

「ったく、何なんだてめえは、日がな一日辛気臭えツラ決めこみゃがって。辛気臭えよ、臭っせ、うわ臭っせ⁉　生きてりゃ誰だって苦労すんだろが？　ンな、俺様の不幸は世に二つとねえ絶品だぜ！　みてえなツラ見てっと、本気で虫唾《むしず》が――！」

と、百鬼丸は左腕を抜き放ち、どろろの方に突きつけた！

「何だ、てめえ、馬鹿の一つ覚えかコラアっ⁉」

どろろは飛び退《の》きながら悪態をついたが、その『百鬼丸』の切っ先はわずかにどろろから逸れていた。

『百鬼丸』はどろろの背後に向けられていた。

そうして百鬼丸の顔には苛立ちではなく、いつの間にか真剣が湛えられていた。

……ちりーん。

どこからか、妖しい鈴の音が聞こえてきた。

「な……何でぇ……？」

どろろはそそくさと百鬼丸の背の方に回りこみ、百鬼丸を盾として身を潜めた。

……ちりーん。

緩やかに曲がる川の流れ――その近くの灌木《かんぼく》の茂みの中から、音はやって来ていた。

……ちりーん。

やがて、どろろは目を見開き、息を呑んだ。

茂みの中から、身の丈一間以上もある巨大な胎児のようなあやかしが、ぬっ、と出て来たのである。

「ななな何でぇ何でぇ何でぇ……⁉」

そのどろろの声を聞きつけたか、『百鬼丸』の気配を感じ取ったか、くるり、と胎児が振り返った。蟬《せみ》の仔の如く背を丸め、ぎょろりと大きな目を光らせた、やはり強気をもって見れば可笑しく、また怖れの心をもって見れば恐ろしげにも映る、うすらでかく異様なあやかしの赤子が川のほとりに——茫《ぼう》、と立っていた。

「おい！　斬れっ！　斬っちめえっ！」

どろろはそうけしかけたが、百鬼丸の顔からは張り詰めていた真剣が緩み、その眉根が不審を覚えたようにも、同情を覚えたようにも、微かにしかめられた。

百鬼丸は左腕を戻した。

「何してやがんだ、てめえ……!?」

と、どろろが百鬼丸の襟首をひっつかんだ、その時——胎児が呟くように口を開いた。

「……マンマ」

どろろは驚いて胎児を見やった。

「……マンマ？　っつったか？」

すると、胎児は二人に向かって短い腕を描く伸ばし、

「……オンブ」

どろろは呆気《あっけ》にとられて、言葉を失ってしまった。

が、百鬼丸は胎児に向かって歩き出し、その背を貸すようにそっと身をかがめた。

「おい……!?」

胎児が百鬼丸の背にのしかかった——さすがはあやかし、巨体のわりには重さはないらしく、胎児はふわり、と紙風船のように軽々と百鬼丸にかつぎ上げられた。

「ちょ」

どろろは胎児が指した方に歩き出した百鬼丸を、ろくに言葉も発せぬままに見送った。

「お。て。ちょ。何——ちょっと、待て、こらァッ!?」

しかし、百鬼丸は振り返らず、浅瀬を越えた果てに広がっていた雑木林の中に入って行った。

どろろは追うべきか追わぬべきか、否、追おうとはするのだが脚がいうことをきかぬという風にあたふたとその場で迷い、

「……え……ええ～? ちょ、馬鹿、てめ……ええ～っ!?」

しかし、やがては無理から腹を決めたように、

「……ちックしょ、ナメてんじゃねえぞ、こらあッ!?」

と、追って駆け出した。

そうして雑木林を駆け抜けると、どろろは焼け落ちた寺に出た。

焼けた寺。あやかし。百鬼丸。

(――地獄堂?)

どろろは脳裏にそう覚えたが、そこは件《くだん》の寺では全くなかった。

険しい気配もまるでなかった。

むしろ、そこにあったのは穏やかな幽玄であった。

雲が流れ、十三夜月が現われ、その青白い光があたりに染み渡った。

冷えた風が訪れ、からから、と乾いた一塊の音が寂びて奏でられた。

風車、風車、風車……。

百鬼丸とあやかしの胎児は、焼け落ちて床と柱ばかりとなった寺の中にあった。

寺の前には風車が数十も並び、風車は通り抜けていったゆるやかな風に一斉に回り、そして眠るように一斉に止まった。

百鬼丸と巨大な胎児は向かい合って座り、煤《すす》に汚れた鞠《まり》をやりとりしていた。

胎児は百鬼丸からそっと放り投げられ、床に一度跳ねて届いたそれを掴く抱き取り、

「キャ」

と無邪気に笑みを洩らした。

どろろはしばし、その奇妙な様を呆然と眺め、やがて言った。

「……何でえ。こいつ、本当にガキか?」

百鬼丸は無惨に焼け崩れたあたりを見渡して、ぼそりと言った。

「ここで焼け死んだらしい……十人か二十人、ガキどもの死霊が集まってる」

「何だ……? こいつァ何人も集まって一つになってやがるから、でけえのか?」

改めて見やると、胎児はやはり異様ではあったが、もう恐ろしげには見えなかった。

どろろは胎児に近寄り、太鼓を二三度叩いて見せ、自らを名乗った。

「おう。俺ァ、どろろってんだ。ど・ろ・ろ」

と、百鬼丸が嘲笑うかのように、鼻から抜ける笑みを洩らした。

「何でえ……!?」

「化物小僧、って意味だぞ?」

「何……?」

「ずっと南の国で……人の姿をした得体の知れねえものを、そう呼ぶんだ」

押し隠しきれぬ忌まわしさを滲ませ、百鬼丸は自らを嘲笑うように言った。

「――『どろろ』ってな」

第二章『どろろ』

七

霧の朝。

焼け崩れた寺の一角でどろろが目を覚ますと、あたり一面が物憂げにけぶっており、百鬼丸《ひゃっきまる》の姿も胎児の姿も見えなくなってしまっていた。

（……やっちまった！）

どろろは跳ね起きて境内に飛び出したが、あたりを探す間もなく、深い霧の彼方からひたひたと何事かの気配が近づいてくるのに気がついた。

（百鬼丸か？　……いや）

どろろは地から三尺ばかり床を高くした寺の中に駆け戻り、焦げた大黒柱の陰に身を隠した。そして五感を鋭く研ぎ澄まし、寄木細工の小刀に手をかけた。

ひたひたと来るものは、昨晩どろろ達が通り抜けてきた雑木林とは逆の方からやって来ていた。深い朝霧に紛れて確《しか》とは見えないが、どうやらそちらの方には林道が延びており、そのつき当たりがこの寺ということになっているのだろう——そう伺われた。

その林道から、朧《おぼろ》に人の影が——一つ、二つ。

（男と、女か……!?）

どろろは、男と女――中年と呼ぶには幾らか早く青年と呼ぶにはすでに遅いといった頃合いの農民の夫婦が、鈍く沈んだ足取りでやって来たのを認めた。

(……何持ってやがる?)

どろろは夫の方が手にしていた包みに目をやった。

その時、握り締めていた『身を護る刃』は『獲物を狙う爪』に変わった。

農民夫婦は寺の前に立ち、その包みを解いて階段の上に供えた。

(……握り飯?)

夫婦は両手を合わせて祈りはじめた。その面《おもて》は悲哀と願いにしかめられていた。

と、微《かす》かな風が通り抜け、音も立てずに風車が幾度かだけ回った。

「――なるほどな」

百鬼丸の声が聞こえ、どろろと農民夫婦はともに、ハッ、とその方を振り返った。

百鬼丸は寺の横手、林道の側の陰から出て来た。

「ここは……子捨て場だったかい」

ぎくり、と農民夫婦は身を強張《こわば》らせた。

「子捨て場ァ……!?」

と、続いて大黒柱の陰からどろろが出た。

こいつらは何ものだという不審と、開けられたくない蓋に手をかけられた怯《ひる》みとから、夫婦はわずかに後ずさりした。

「……人でなし、ってなァ、こういうツラしてやがるモンなのかい」

どろろは階段の際まで歩み寄り、農民夫婦を見下ろして言った。そのどろろの冷たい目に夫婦は怯んだが、やがて、夫がそれに抗する熱いものを眼差しに湛《たた》え、睨《にら》み返した。

「……お前ら、どこから来た？　お前らだって俺達の村に暮らしてりゃあ、そんな口は何も利けなくならァ！　何も知らねえでおいて、解ったような口をきくんじゃねえよ、馬鹿野郎が……！」

夫は怒りに歯噛みし、妻は涙ぐみはじめた。

名を、与平とお静といった。

「仕方がなかったんだよ……！」

そう洩《も》らしたお静の肩を抱いて、与平が声を震わせながら続けた。

「昔……ここいらは金山《かなやま》の領地で、そりゃあ酷《ひで》え治めぶり……！　いっそ室戸《むろと》の殿様が戦に勝って、代わりに治めちゃくれねえものかと願ってさえいた……！」

百鬼丸は、与平の脳裏に翻ったものを垣間見た。

『蛇』と『蜈蚣《むかで》』の旗であった。

室戸と金山――は国境《くにざかい》を接する隣国同士の関係にあり、それぞれ『蛇の巻きついた剣』と『北斗を仰ぐ蜈蚣』を旗頭としていた。

金山家は古代より製鉄を生業《なりわい》として来た古い歴史を持つ土豪であり、旗の『北斗』と『蜈蚣』はともにその生業に由来するものだった。

鉄は古来、天の星が地に落ちたものと見られており、また蜈蚣は鉱石を掘り出す際の坑道がその形に似ていたため、産鉄の神の使いとされていた。『北斗を仰ぐ蜈蚣』とは、そうした故の旗であったのだが、かような出自の金山は世が戦の彩《いろ》に染まりはじめるや、急速に力を伸ばすこととなった。

その乱世のそもそもの火種は別の国から燻《くすぶ》りだしたのだが、豊かな鉄山と優れた技術を抱えていた金山の懐《ふところ》には、早々に莫大な金が転がり込むことになった。

鉄がなければ、戦において勝利を得ることは出来ない――そのため戦に雪崩れ込んだ国々や、明日にも渦中に巻き込まれようと追いつめられた近隣の国々は、こぞって金山の国と取り引きしたがった。そうして金山のもとに莫大な金が転がり込んで来たのだが、しかし、それもはじめのうちだけだった。持っているものは狙《ねら》われもする。やがて金山達は、近隣の国々から領土を狙われるようになった。

金山は怖れた。怯《おび》えた。そしてまた一方で欲も燃やし、先手を打つことにしたのだ。

かくて金山はまず西の隣国・室戸と国境を巡り、血で血を洗う戦いを繰り広げることとなった——その戦の中で、国の農民達は様々な辛酸を舐《な》めさせられて来たのである。戦に入る前から鉱山の人足として男達が刈りだされ、戦がはじまれば重い年貢を課せられ、村によっては戦の火の手に直《じか》に見舞われて丸ごと滅びさえした。そのような過酷な中で子を育てるというのは、間違いなく、実に、きわめて困難なことだった。

「鬼だった……！」

と、与平は言った。

「だから……口には出来ねえが、みんな室戸の殿様が戦に勝ってくれねえかと願ってた。きっと、金山より幾らかはマシだろうってな……！」

「——けど」

お静がぽろりと涙を零《こぼ》した。

両家の国境を巡る戦は二度にわたって繰り広げられ、その一度目で室戸は金山に大敗を喫して、滅亡寸前にまで追い込まれたが、しかし、そこで流れを変えるものが、突如、現われた。室戸側から一人の家臣が謀反、主君を討って新たな国主となって立ち上がり、金山に猛然と挑み返したのである。そして二度目の国境を巡る戦を迎えて、ここで金山を撃破、かつての金山領と室戸領はともに一つの大きな——醍醐《だいご》領、となったのだ。

鬼の次にやって来たのは、もっと酷え鬼だった——と、与平は言った。

新たな国主は周辺諸国にさらなる領土拡大の手を広げはじめ、一つ、また一つと国を得ていった。目下のところは、磯部《いそべ》という元は海の民であった氏族の統べる国と、樺井《かばい》という華族であった氏族の統べる国の、二国の同盟軍と火花を散らしあっていた。

「来る年も来る年も重いなんてどころじゃねえ年貢をとられ——そんなとこに日照りや蝗《いなご》でも来ようもんなら、子に食わせるものなんか、これっぽっちもなくならァ……！」

と、その農民夫婦の話を聞いて、どろろが——咽《むせ》びはじめた。

「そうだったのかい……！　それじゃ無理もねえ、そりゃあ仕方がねえよなあっ!?」

解ってくれたか、という風に与平らはどろろを見やったが、

「——とか、ぬかす訳ねえだろが、ザケてんじゃねえぞ、コラ……!?」

どろろは鋭い冷笑を真正面から叩きつけた。

「何が仕方がねえだ、カツカツだろうが今でも米作ってられる田畑《でんばた》残ってやんだろが？

俺の生まれた村は丸ごと焼け落っちまったよ！　飢え死にする奴らがゾロゾロ出ようが、その翌年に村丸ごと焼かれちまおうが、それでも俺のお父ちゃんとお母ちゃんは、俺を捨てねえで大事に育ててくれたぜ？　村捨てて、盗賊ンなって山ン中を這いずり回ってでも、力尽きてくたばる最後の最後まで俺を抱いててくれた——」

どろろの目許《めもと》に涙が浮かびそうな気配が湧いた。しかし、どろろはそれを抑えて、

「てめえの命よりも子を想う――それが親ってモンだろうが⁉　何が仕方がねえだよ、お前らも俺達の村で暮らしてりゃ解るだとォ⁉　スッとぼけたことぬかしてんじゃねえ、この甲斐性なしの人でなしどもがあッ！」

農民夫婦は蒼白の面持ちで震え――しかし、与平は尚《なお》も食い下がった。

「盗賊が……何を偉そうに……⁉」

「ンだと、コラ……⁉」

「人でなしはどっちだ……⁉　盗賊なんぞ、国がまともに働いてりゃあ、根こそぎお縄になって首刎《は》ねられる罪人だろうが！　俺達の村だって盗賊に襲われたことがあらァ！年貢を取り立てに来る前に押し寄せて、米を奪っていきやがった！　その年がどれだけ苦しかったか！　隣のカカアはよってたかって、男どもに辱められたよ！　嫁入り前の娘が奪われた家もあった！　盗賊さえ来なけりゃ、子を捨てねえで済んだ家もあった！どっちが人でなしだ⁉　まさかてめえ、あの時の一味の仲間じゃあるめえな⁉」

「違わァッ！　俺のお父ちゃん達は、村を襲ったりしたことなんか一度だってねえ！俺らは滅んじまった村だとか、戦のあとなんかを回ってた！　村は襲うな、弱い奴らからは絶対獲るな、それがお父ちゃんのいつもの口癖だった！」

「知れたモンかい、子の前でイイ顔しといただけかも知んねえだろが、陰でどんなことやってたことか——罪人が人様並みのクチ利いてやがんじゃねえよ！」

「ンだと、子捨て野郎が真っ当な人の親を馬鹿にしやがっか、ブチ殺すぞてめえッ⁉」

どろろは小刀を振りかざして、与平に挑みかかった——が、どろろより先んじたかと見えるほどに素早く百鬼丸が動き、その腕をつかみ止めた。小刀の切っ先は与平の眉間一寸手前で食い止められ、与平は腰を抜かしてその場にへたり込んだ。

「人殺し……！」

「うるせえっ！　てめえ、捨てられたガキともがどんな目に逢って、どんな風にのたれ死んでってんのか見て回ったことあんのかよ⁉　どんなボロボロのゴミみてえになってくたばってってやがんのか——身も心もよ！　おめえら、滅びた村、幾つ見て回った⁉よそがどんなことになってんのか、本当に知ってやがんのかよッ⁉」

どろろはそれを見てきた。気を抜けば、それらの悲惨が悲惨でも何でもない当たり前の景色なのではないかと思えてきてしまうほどに、実に数多く見てきていた。

「中にゃ人が人を喰った村だってあらァッ！　つうか、こっちが盗賊なら、てめえらは子捨て子殺しの盗っ人だろうが！　寺の食いもんアテにして捨てたんだろ⁉　そんなら、寺の食いもんパクろうとしたってのと同じこった、子を捨てた上に盗っ人なら——！」

「──違うっ！」

と、お静が叫んだ。

「私らの村には……慈照尼様がおいで下さってた……！」

「ジショウニぃ……!?」

「そうだ……確かに俺らは、滅びちまったよその村の様子は何も知らねぇのかも知れん。捨てられた子らがどんな目にあってるかも。だが、よその村には慈照尼様がおいでねえ。俺達は慈照尼様にお預かり頂いたんだ。ただ捨てたんじゃねえ……！」

「何でえ、そのジショウニってなぁ？」

「このお寺の尼さんで──あのお方こそ、生き仏様だよ……！」

「なら、その生き仏はどこでえ。焼け死んでホントのホトケんなっちまったってかい？」

どろろは嘲笑《あざわら》って切り返したが、お静は真顔のままに返した。

「そうだよ、みんな成仏したんだ……！　それが証拠に、お寺が焼けた後にゃ誰の骨も残っちゃいなかった。慈照尼様のも、ウチの辰蔵《たつぞう》のも、他の子らのも、誰のも……！」

「何だとォ？」

「生身のまま成仏して、みんな極楽へ行ったんだよ……！」

「馬鹿こけ、芯から馬鹿かてめえら!?」

百鬼丸が口を挟んだ。

「よう――この寺は、一体どうして焼けた？」

「……そら、解らねえが」

「けど、ありゃ救いの火だったんだって……村のみんなが」

「何が救いだ、てめえら揃って頭イッちまってんのか⁉」

――その時。

微かな太鼓の音が、林道の彼方、深い霧の奥から遠く聞こえてきた。

「……行かにゃあ」

与平がそう言い、お静の腕を引いて歩きはじめた。

「おい、待ちゃあがれ！」

しかし、二人は振り返らずに霧の中へ溶け消えて行った。

「馬鹿コケや、骨ごと成仏するなんてフザけた話があっかよ……⁉」

「骨ごとも何も――成仏してるなら、そもそもこいらを迷っちゃいねえさ」

「……そらァ、そうだな」

あの巨大な赤子――どろろは与平らの残していった握り飯を忌まわしげに見やり、

「こんなものなァ、生きてる間にくれてやるモンだ……俺が食ってやらァ！」

そう言ったが、その伸ばした手で握り飯を取ることは、やはりどうも気が引けた。

捨てられて、寄り集まって、さ迷ってるガキどもか――どろろは心の中でそう呟き、ようやく百鬼丸もそうした身の上の一人であったことに思い到った。

川に、流されて。

どろろは改めて百鬼丸を見やったが、百鬼丸は与平らが去った方をじっと伺っており、やがて――その後に続くよう、ふらりと進み出した。

「おい……？」

太鼓の音は、先ほどよりも近づいてきているように思われた。

「ようって……！」

どろろは百鬼丸の姿が、すう……、と霧に溶けはじめたのを見、急ぎその後を追った。

そして、行く手から聞こえて来る音に耳を傾け、ありゃあ何てぇモンだったたっけか？　と頭の中の憶えを探った。

（あのウチワか手鏡みてえな形の薄っぺらい革一枚張っただけの太鼓――馬鹿野郎どもがお題目唱えて歩く時にドンツク叩くヤツはよ？　この音ァ、多分アレだろ……!?）

歩を進めるにつれ、その規則的な音が近づいて来、やがて林道を外れた雑木林の中に、大勢の人の気配と幾つかの松明《たいまつ》の灯りが、ぼうっ、と浮かんで来た――。

八

「何だ、ありゃ……？　何してやがんだ？　あそこに何がありやんでぇ……？」

どろろは百鬼丸とともに林道を外れて人々が群れている気配に向かって進み、そして間もなく、数十もの人々が今しがた通った足跡の列に出くわした。

そこは道ではなかった。

人々は雑木林の地面でしかないところを通っており——つまり、日頃は誰もそこには行っていない——しかし、その朝に限っては、恐らく村中総出と思われる勢いで人々が寄り集まった、ということであったらしい。

松明の炎。太鼓の音。人々の気配。

（……祭りか？）

どろろはぼんやりと浮かぶ人々の影に目を凝らし、訝《いぶか》しげに眉根をひそめた。

霧の中で、人々は輪を描くように立っているらしかった。

そしてその輪の中で、串刺しにされた人影が幾度も突き上げられているようだった。

否——小柄な女ほどの血にまみれた藁人形が、あたりに赤黒い滴を振りまきながら、幾度も幾度も突き上げられていたのだ。

（何の祭りだ……!?）

人々の輪の中央には、注連縄《しめなわ》を張った岩があった。

大人二人で両腕を回してもまだ幾らか足りないほどのごつごつとした岩が地に居座り、その周囲を巡るよう、血に濡れた藁人形が二人の白装束の男によって繰り返し突き上げられていた。それを取り囲んでいた村人達は皆一様に顔を強張らせ、永らく続く貧しい暮らしに痩《や》せ衰えた面の上に、深い怯えと戸惑いを張り詰めさせていた――これでいいのか、こんなことをして本当にどうにかなるのか、そう疑問に思いながらも、しかし他に何も手立てがないと必死にすがりついているかのような、そうした顔がゆうに五十は並んでいた。

藁人形が突き上げられるたび、火消しの纏《まとい》のようにくるりと翻されるたびに、あたりに赤い滴が飛び散っていた。それが何の血であるのか、或いは血ではなく違う何かの汁なのか、どろろに判別はつかなかったが、ともあれその滴が顔や体にぴたりとはねる毎《ごと》に、村人達はぎくりと身を強張らせていた。まして、藁人形を突き上げている男達は、もはや赤い雨に降られた如《ごと》くに全身を赤く濡らし、今にも泣き出しそうに顔を歪《ゆが》めて、しかし、それでも歯を食いしばって必死に藁人形を突き上げ続けていた――。

その人の輪の中には、先ほどの与平夫婦の姿もあった。

どろろはその奇怪な光景に、蒼褪《あおざ》めて立ち尽くした——規則正しい太鼓の音に誘われながら、深い帳《とばり》を潜《くぐ》った果てに広がった異様な光景。松明の炎があたりの霧を朝焼け空の如くに染め上げた中で執り行われる血の祭儀。それはいつしか全く見知らぬ異世界に迷い込んでしまったような印象を、どろろの頭と心に与えた。

(何だ、こりゃあ……!?)

と、そのどろろの心中の呟《つぶや》きを聞き取ったように百鬼丸が言った。

「よう——あの血まみれの人形《ひとがた》、もっとよく見てくれねえか……?」

どろろは最初、何を言われたのか解らなかったが、やがて思い至って、

「俺が見たモンを……見やがるってのか?」

百鬼丸は何も答えなかった。

「ヤらしい野郎だぜ……!」

言いながらも、どろろは目を鋭く研ぎ澄まし、赤い藁人形を改めて見つめた。

「……上げ下げしてる奴らの顔も」

追ってそう言われ、どろろはそちらも深く見つめた。

と、やがて、百鬼丸が何かを見出したように——ぼそりと言った。

「神隠し……?」

「何だと……？」

神隠しの代わり——と、百鬼丸は言った。

「どういうこった？　つまり、村で神隠しがあって……？」

「それがもう起こらねえように、ああしてるらしいな」

「偽モンの生贄《いけにえ》人形出して、これで勘弁しといてくんねえかってことか？」

「ああ」

「あの岩に、そう願ってる？」

「だろうな」

「なら、あの岩は一体何でえ？　何が祀《まつ》られてる？」

「さてな。だが……いるな」

「いる？」

「近くに……！」

いつの間にか、百鬼丸の顔に微かな憎悪が漲《みなぎ》っていた。どろろは固唾《かたず》を呑《の》み、

「……おめえの、何だ、アレか？　魔物が？」

「……ここまでだ。この村から出ていけ」

「あン……」

「お前も食われっちまうぞ」

そう言われ、どろろがギクリと強張った——その時。

太鼓の音が途絶え、藁人形が止まった。

村人達の怯えたような、訝しむような、厚い壁を築くような数十の眼差しが、どろろ達に一斉に向けられていた。

静寂——聞こえるのは、松明の燃えるぱちぱちという微かな音ばかりとなった。

どろろは心のうちで呟いた。

(……ヤべえか？　逃げるか？　それとも、何かボケ倒して空気変えっちまうか？)

そう逡巡《しゅんじゅん》しているうちに——別の音が聞こえてきた。

林道の方から村人達の作った足跡をたどって来るよう、微かに、ゆったりとした……馬の足音が聞こえて来た。

どろろ達が振り返ると、村人達もそれに気づき、あたりに張り詰めていたぴりぴりとした気配が幾らかほぐれ、やがて村人の一人が口を開いた。

「……鯖目《さばめ》様」

深い霧の中から、郷士身分であろうか、貧しげな風体の村人達とは明らかに異なった、さっぱりとした直垂《ひたたれ》姿の——背に大きな瘤のある男が馬に乗ってやって来た。

鯖目はどろろ達を見て馬を止め、村人達と見比べて言った。

「……続けられよ」

村人らは互いに顔を見合わせ——太鼓の音が取り戻された。

「旅のお方か？」

鯖目は馬上から百鬼丸らを見下ろして言った。

都の役者のように端正な顔立ちをしていた。

百鬼丸は、鯖目を見上げぬままに返した。

「あちらの焼けた寺で、一晩」

「それは……さぞや、冷えて難儀されたことでしょう」

鯖目は百鬼丸より一回りほど齢を重ねているようだったが、まるで同じ目の高さか、或《ある》いは目上のものに接するかのような丁寧な口調で語りかけてきた。

「如何《いかが》ですか。宜《よろ》しければ、我が家にお立ち寄り頂いて、しばし温まれてゆかれては」

「それは……有難え話ですが」

「ご遠慮なく。このような折、大したもてなしも出来ぬかとは存じますが——ひと心地つかれましたら、何ぞ旅の話でもお聞かせ願えますと、こちらとしても幸甚」

「旅の話を？」

「永らく土地に縛られて生きておりますと、広い世間の話を聞くのが何よりの愉しみとなりましてな」

と、どろろの目がきらりと光り——ずいと、一歩進み出た。

「旦那。実に品のおよろしいお召し物で」

どろろは猫のような笑みを顔中に広げ、調子づいてまくしたてはじめた。

「世にゃア、袖振り合うも他生の縁なんぞと申しやすが、これこそ縁の中の縁——いや、旦那、こいつはいい旅のモンおつかまえになられた！　こちとら語り物てんこ盛り！　あ、東西《とざい》〜東西《とうざい》〜っ！」

太鼓を乱れ打つどろろに、鯖目は笑みを湛えて言った。

「それは喜ばしい出会い——是非、お越しを」

どろろ達は鯖目に続いて林道に戻り、焼けた寺のある方を背にして歩きだした。

「よう、魔物ってなあ、まさかアイツが……？」

どろろは鯖目の丸い背を見やりながら、声を潜めて百鬼丸に問うた。

「いや……ありゃあ、ただの人だ」

「ふン。てえと……？」

やがて、ゆるゆると坂を下り、ぼんやりと村が見下ろされてきた。

小さな盆地の中に点々と家々が並び、その中ほどに火の見櫓《やぐら》が立っているらしい様が望まれた――が、しかし、鯖目は村には下りてゆかず、二股に分かれた道を曲がって、斜面に沿うように進みはじめた。

「こちらです」

鯖目の屋敷は、村を見下ろす高台の外れにあるらしい。

どろろはほくそ笑んで言った。

「ケッ、とんだマヌケ野郎だぜ。天下の大泥棒様をてめえから招き入れるたァよ」

「知らねえぞ――食われても」

「馬鹿野郎、誰が据え膳をみすみす逃すかってんだ……！」

間もなく、行く手にざわざわと妖しくゆらめく竹林が見えてきた。

鯖目の屋敷はそのつきあたり奥にあった。

峻険《しゅんけん》な斜面を背に、他の三方に土塀を巡らせて、寂びてはいたが、確かな造りらしく映る屋敷だった。

「蔵が二つ――こりゃア、たまンねえな、おい……!?」

どろろは喜びに気色ばみ、百鬼丸に言った。

「ま、てめえも見たけりゃ勝手に覗いてな」

「?」

「盗っ人の眼鏡ほど、頼りンなる目ン玉ァねえからよ」

そうして、どろろ達が門を潜ると、屋敷の中から鯖目の娘達が出てきて、父と客人を出迎えた。

どろろはその娘達の姿を見るなり、絶句した。

娘達は五歳ほどかと思われるオカッパ頭の、全く同じ顔をした——七つ子だった。

「こりゃア、壮観……つうか」

そのうちの一人は、背に鯖目によく似た瘤《こぶ》を負っていた。同じ顔をした七人の中で、その子だけが瘤ゆえに、どろろの目を引いた。

「ご挨拶なさい」

その父の言葉に、七つ子達はやはり全く同じ張り付いたような笑みを湛えて、一斉に声を揃えて言った。

「ようこそ、おいで下さいました」

血の祭儀よりも、さらに異様であった——。

＊

朝餉《あさげ》を平らげてから、どろろの語り物がはじまった。

これまで世の方々で聞き齧《かじ》ってきた奇《く》しびな語り物達——それらをどろろは、どうにもこうにも巧みならざる口で語った。

「そこでお前、再び折よく現われて来ることになったのが、あの野郎よ！　えーと、何つったっけ、ほら、あン時の茶屋ですれ違った細長えおっさん——ん？　あ、違うわ、そりゃもうちょっとあとだ。アレだ、ここァ薬売りの方だ、薬売り」

「な？　こいつァ謎だ。一体、ホントの下手人は誰なんでえ？　まさか、山伏の坊さんじゃねえだろな？　坊さんが臭えと思うだろ？　ここはそう思っとけよ、そう思っとかねえと、しめえでビックリ出来ねえんだ。な？　坊さんがにわかにやたらと臭え」

「そいで、あのー…………………………や、ちょ待て。悪イ、もっ回、ハナからやり直すわ。途中から違う話になってんじゃねえか」

手変え品変え語りは日中全てを費やし、どろろ達は夕餉《ゆうげ》も馳走《ちそう》になることになった。そうして一宿の恩までも——そうならなければ大泥棒の稼業が果たせぬ、どろろはそのために語りを引き伸ばしていた——のではなく、ただ単に下手でズルズルとそうなっただけだったのだが、無論、後には「狙いよ」ということにすり替えた。

百鬼丸は夕餉の席で、鯖目に問うた。

「ところで……あの焼けた寺について、少しばかり伺いてえんですが」

「ああ……慈照尼の」

「そうだ、それだよ、そいつァどういう尼さんなんでえ!?」

と、どろろも食いついて乗った。

「ええ……あれがやって来たのは、十数年前……まだここいらが金山の領地であった頃のことでした」

と、鯖目は微かに目許をしかめて語りはじめた。

「私が幼い頃にはずっと無人の寺でしたのですが、ある日、捨て子を二、三連れた尼がやって来て、あの寺に住まいはじめまして——そうして村の家々を訪ねては先祖供養の読経をして、幾ばくかの布施を乞うて回るようになった。しかし、村のもの達ははじめ、誰も慈照尼に布施を渡すことが出来ませんでな。暮らし向きの何かと厳しい折に、いきなりやって来た尼に心を許し、菜や穀を分けてやることが出来なんだ。しかし、慈照尼というのは……出家の身にあったものを捕まえてこのように申すのも、少しく気が引けもしますが、尼にしておくには惜しいほどの器量を持った女でしてな。そのうえ、物腰も柔らかく品があり、常に慈しみに満ちた笑みを湛えておりました」

百鬼丸は鯖目の脳裏をよぎった慈照尼の面影を、微かに垣間見た——なるほど、確かに美しく品のある尼であったらしい。少なくとも、鯖目はそのように慈照尼を見ていた。

「それでやがて村人らも心を開いたのですが、しかし、開いたら開いたで、次には——」

「寺に、子を捨てるものが現われた？」

「さようです。村のもの達が分け与えた布施は、慈照尼が連れて来た子を養うのに用いられておりました。村で生まれたものでもない子らを養うのに布施を払うて来たのなら、己《おのれ》の子を預かってもらって何がいかん、そうとでも思うたのでしょう。一人また一人とあの寺に……子を捨てるものが出てきた」

合点がいったように、どろろがうなずいた。

「で、しめえにゃア、それが村の慣わしにまでなっちまった、ってことかい」

「ええ」

「して……その寺が、どうして焼けた？」

百鬼丸が重ねて発した問いに、鯖目はいよいよ忌まわしげに顔を曇らせた。

「私は——天罰であったろうか、と思っております」

どろろが驚いて問い返した。

「天罰ぅ？　けど、村の連中は、ありゃ救いの火だったんだとかぬかしてるって話を」

まあ、これはあくまでも私の捉え方ですから——と断わりを挟んで、鯖目は続けた。

「ある日、どうも妙だ、と思ったのです。その頃、慈照尼が抱える子らの数は二十にも届こうかというほど増えていた。しかし、村のものらが次々に子を捨てるということは、それらの家は子一人養うのさえ厳しい中にあったということ。であるなら、布施もそう集まるはずがない——ならば、慈照尼は一体どうやって子らを養っておるのか？　そう思いまして、密《ひそ》かに寺を探ってみたのです。すると……何とも恐ろしい次第を目にすることになりましてな。慈照尼は……子らを人買いに売っておったのです」

人買いに——あの街で、檻《おり》に入れられて売られていた連中のように——と、どろは数日前に幾度か見た光景を脳裏に蘇らせた。

「果たして、集めていた布施も子らに与えられていたものかどうか。恐らく、慈照尼は捨て子を餌に布施を集めて、まず己が食い、さらに村から捨てられた子をよきところで売って、さらに私腹を肥やしていたのでは、と」

「村の連中が子を捨てるようになったのァ、そいつの思うツボだったたってことか……!?」

「恐らく。いえ、それもただ私の捉え方であるにすぎませんが。ともあれ、そうしたことを見出しました時に、これはいかんと村人らに伝えようと思いましたのですが——」

鯖目は面に沈痛を滲ませた。

「……まず、今はもう亡くなりました村一番の古老に伝えたところ、古老は、『村の者らには言わぬがよかろう、慈しみに満ちた尼ということのままにしておかれよ』と。そうしておかねば、次第によっては、私が慈照尼の敵、慈照尼を生き仏と崇《あが》める村のもの達の敵という立場に追い込まれかねぬ。誰も好んで子を捨てたのではない、捨てるしかなかったのなら、せめて——古老はそう言われた。無論、悩みました。こちらが迷うておる間にも、また売られる子らがあるかも知れぬ。しかし、弱い、となじられるやも知れませんが、村人らに敵と見られるかも知れぬというのが、私は恐ろしかった。それでどうにか慈照尼が言い逃れ出来ぬ証拠を押さえられぬものか、と思っているうちに——寺が焼けてしまいまして」

火が出た理由《わけ》は？

「解りませぬ……或いは、その晩、火の始末を怠ったか。でなければ、やはり天罰か」

「焼け跡には誰の骨もなかった、という話は？」

「それも解りませぬ……それが真であるのかどうかも。或いは何らかの理由があって、慈照尼らが子らを連れて村を離れねばならぬこととなって、寺に火を放って逃げたのか、とも思いましたが、しかし、その理由が思いつかぬ。であれば、もしや——」

「もしや？」

「村の中の誰かが、骨を全て隠したのであろうか……とも」

そう聞いて、気に入らぬ風にどろろの目がぎらりと光った。

「揃って極楽に行った……って、小奇麗な話に片付けとくためにかよ……!?」

「まあ……真の次第は解りませんが」

重い沈黙があたりに広がった——その中で百鬼丸が、

「もう一つ二つ、訊いても……?」

「何でしょう?」

「あの祭りは一体? どうやら、神隠しが出ているとか何とか」

「そんなことを……誰が申しておりました?」

「……寺に子を捨てたという夫婦が」

「ええ……その通りです。昨年の暮れ頃より、村のものらが失踪するようになりまして。そうはじめは村を捨てて出ていったのかと思われておったのですが、あまりに相次ぐ。そうして先日、ついにおびただしい血の痕が見つかりまして……そのあたりには獣の足跡の類も残っていなかった。これはどうやら何かもっと違う——」

鯖目は困惑したように言葉を切った。

と、どろろが童《わらべ》のような顔で興奮気味に問うた。

「魔物のようなモンだって?」

「そう……であろうと、少なくとも村のものらは思いはじめたようで」

そこで百鬼丸が追って問うた。

「して……その神隠しと寺から火が出たのは、どっちが先で、どのくらいの時が間に?」

鯖目は驚きに見開いた目で、百鬼丸を見つめた。

「何故、そなたは……!?　ええ……そうです、恐らくお察しの通りなのでしょう。先に起こったのは寺の炎上。それから一月と経たぬうちに、神隠しが起こりはじめました」

「よう、だったら、そりゃ無関係じゃねえだろ……!?」

どろろが割って入った。

「そういうことに、やはりなるのでしょうか」

「そりゃそうだろ、たまたまなんてことがあるか——って、ん?　じゃあ、あの注連縄張った岩は何だ?　あれと寺っつーか、慈照尼と関係はあんのか?」

「いえ、それはありません」

「じゃ、何であんなとこであんな祭りしてたんでえ?」

「それは……私が言ったのです。そうすればどうかと」

「アンタが?」

あの岩は村が拓かれた頃の遠い昔からあり、件《くだん》の寺よりもずっと古いものだ、と鯖目は言った——村が拓かれて間もなく、付近の山から悪鬼が降りてきて、夜な夜な村人を喰って回るようになり、困り果てていたところに旅の僧がやって来て、その鬼をあの岩に封じ込めた、そうした言い伝えがある岩なのです、と。

「その鬼が時々すすり泣く声が岩の中から聞こえるということで、『鬼啼《な》き岩』と呼ばれておりますが——日頃、不吉な場所として、村のものは誰も近寄らぬところなのです。そこで、もしや、あの岩から人喰い鬼が出ているのかも知れん、ああした人形を作って、こちらから人身御供《ひとみごくう》を捧げるような祭りでも行ってみればどうかと……私が」

「つまり……村のものらの動揺を」

「あまり大きくせぬ方が良いのではないか、と思いまして……何の時間稼ぎにもならぬやも知れませんが」

どろろが畳みかけて言った。

「けど、現に神隠しは起こってやんだろ?」

「ええ、これまでに——四人ばかり」

「そら、また子供か?」

「いえ、大人ばかりで——子らを護ろうと、大人達が必死になっておるからか」

「ンで、その鬼啼き岩は神隠しとは何の関係もねえんだな?」

「と、私は思っておりますが」

「なら、やっぱ、神隠しは焼けた寺と絡む話で――よく解んねえ話だな。謎だらけじゃねえか。まず、今、神隠ししてやがる下手人は誰なンか。で、その下手人と慈照尼には関係があんのかねえのか。そいから、慈照尼やガキどもの骨は何処にいっちまったのか。あとは――」

と、どろろが口にしかかった言葉を察知し、百鬼丸が心中で呟いた。

(そうだ。そこだ――この話の肝《きも》は)

いい、いいいいい。

何で寺から火が出たか、ってとこだ。


二人があてがわれた寝室は十二畳ほどの板の間で、特に金目になりそうな調度の品もなく、ただがらんとした室に布団が二組敷いてあるばかりだった。

その一方の布団の上でどろろがあぐらをかき、腕組みをしながら言った。

「どうも解んねえな……よう、そもそもあのおっさんが言ってた話ゃ本当なんかな?」

百鬼丸はもう一方の布団に寝転んでいた。

「まあ――半々、ってところか」

「半々？　なら、どこまでが本当で、どこからがハッタリでえ？」

「まず、村の古老に相談したってのは嘘だ。その古老とやらの顔がまるで見えなかった。それに寺から火が出たのは――あいつが火を放ったからだ」

「あいつ、って……まさか、鯖目のおっさんが……!?」

「ああ」

「どういうこってぇ……!?」

と、問うたどろろの脳裏に、いきなり記憶が閃《ひらめ》くように奇妙な光景が流れ込んで来た。

――鯖目の手が、寺に火を放っていた。

否、それは『光景』ではなかった。肉の目で見た景色のような確かさを具《そな》えてはいなかった。遠い日の出来事を改めて頭の中で紐解いたような、視覚になりきらぬ、どこかぼんやりとしたもの――鯖目が心を閉ざして取り繕おうとしながらも、それでも微かに脳裏に洩らしてしまった記憶を百鬼丸が見て取り、それをどろろの脳裏にそのまま送り直したのである。

「相当、追いつめられてたらしいな」

百鬼丸は寝返りをうち、どろろに背を向けながらそう言った。

「おめえ……今のを、あのオッサンの頭の中からほじくり返しやがったのか……!?」

どろろは混乱した。そのようなものを見て取り、さらにそれを人に送り込める百鬼丸の力に改めて驚かされながら、またその送られて来た内容にも驚かされて、一体どっちの方にまず驚いておけばいいのか、次に何を問えばいいのか、頭も心も整理がつかなくなり、しばし取り乱してしまったのだ。

「こりゃあ……おめえ……その……何だ……?」

「俺もまだ全部は解っちゃいねえよ」

どろろは百鬼丸から目をそらすよう布団に目を落とし、これは一体どういう話なんだと頭を整理しにかかり——あの巨大な胎児の姿を思い返した。
（キャ）
そう、あどけなく笑った——捨てられた子ら。

どろろの心が痛んだ。

これがどういう事件であれ、あの捨てられたガキどもには何の罪科《つみとが》もなかったはずだ。

捨てられて、死んで、寒空の元で寄り集まって、さ迷っている子ら……。

どろろは座していた柔らかな布団に改めて触れた。

「あいつら……せめて、この布団で寝かせてやれりゃあな。お父ちゃんもお母ちゃんも抱きしめてくれねえなら、せめて柔らけえ布団でもよ」

すると、百鬼丸がどろろに背を向けたままに言った。

「よっぽど……いい親だったらしいな。お前の親は」

「……まあ……な」

胸を張って答えたかった。が、百鬼丸に対しては、そうし難かった。

川に、流されて。

どろろは百鬼丸の背を改めて見やった。

錨柄《いかり》の絹の服——の、そこここに無数の粗い縫い目があった。その破れの数だけ魔物らに刺されたり斬られたりして来たのだろう。父が作ってくれたものとして大切にしているのか、件の鴉《からす》の死骸を思わせる外套ほど酷い有様ではなかったが、やはりそれでも丁寧な縫い方とは言い難かった。元来に不器用で針仕事が苦手な性質なのか、そうした丁寧さを、身繕いなどというところに顕《あら》わす気になれるような日々ではなかったのか、どちらだったのか……どろろには解らなかったが、ともあれその無数の縫い目は、本来なら百鬼丸の地肌に刻みつけられているはずのものが、代わりに服の上に浮かんできているかのように、どろろの目には映った。

――縫い合わされて、作られた体。

――魔物に、そこら中を奪われたから。

――生みの親が生むはずだった、元々の体から。

（こいつは育ての親を本当の親だと思ってんだろうな。そう思ってなけりゃ、苦しくて心が耐えられなくなるに違えねえ。捨てられちまったなんて……けど、そんなら本当のお父ちゃんとお母ちゃんのことは、どんな風に思ってやがるんだろう？　恨んでるのか、それともいつか巡り合って、お父ちゃん、お母ちゃん、と呼びかけてえと思ってやがるのか……きっと、そっちなんだろな。だって、こいつは元のお父ちゃんとお母ちゃんが生んでくれた体を取り戻してえと思ってるんだろうしな）

どろろは百鬼丸の旅を、そのためのものだと受け取っていた。元の両親が生んだ体を取り戻すため、それを奪った魔物達を倒して回っているのだろう、と。

生来の気質の違いもへったくれもなく、ただその状況のみを己の身に置きかえて考え、きっとこうに違いないと一人で納得する――それがどろろという人間だった。

しかし、そのどろろの心のうちを読み取って、百鬼丸が口を開いた。

「別に会いてえなんて思っちゃいねえさ、生みの親なんぞに。血を分けた体を取り戻してえとも――俺には育ての親がいる。それで十分だ」

どろろは心を読まれたことにぎくりとし、勝手に覗くなと言い返したくもなったが、しかし、そう返すのはどこか憚《はばか》られた。

「なら……おめえは捨てた親を恨んでもいねえってのか？」

「別に——今でこそ、こうしてもいられるが、手も足もねえ身じゃ田畑《でんばた》耕すことだって出来やしねえ。食うにも困る婆婆なら、そんなのは捨てちまうのも無理はねえだろ」

「じゃあ……おめえは何のために、魔物どもをフッ飛ばして回ってやがんでえ？」

どろろがそう問い直すと、百鬼丸は口を閉じ、心を閉ざし——もう何も答えようとはしなくなった。

(山を降りてから琵琶ッパゲに出会うまでに、こいつはどんな目に遭って来た……？)

どろろは琵琶法師の語りを思い出し、それを百鬼丸に問うてみたくなった。しかし、おいそれと気安く訊いて良い話ではなかろう——が、それでも訊いてみたいと思ったら、「ようよう」と明け透けに口を開いてしまうというのがまた、どろろという人間だった。

「あのー、ちょいとこんなん訊いちゃ悪イかも知んねえけどよ？」

どろろが何を問おうとしたのか、しかし、百鬼丸はどろろが口にするよりも早く見て取った。想いは言葉よりも早い——百鬼丸はその想いを逸早く察して、問われたくないことを問わせぬために、先手を打つよう、こう切り返した。

「欲しけりゃ、くれてやる――魔物を全部倒してからならな」

「あン？」

「お前は仇討ちのために、これが欲しいんだろ……？」

百鬼丸は左腕をどろろに掲げて見せ、言葉を続けた。

「この仇討ちのために鍛えられた刃が、天下を頂戴するためなんかじゃなく、仇討ちのためにーー欲しいんだろ？」

その百鬼丸の切り返しは見事に功を奏した。

そう返された途端、どろろは心を酷く震わせ、脳裏にあった問いの言葉を霧散させた。

「てめえ……勝手に人の腹ン中、覗くんじゃねえ、どチンピラが……！」

どろろは心を覆い隠すよう、布団の中に頭まで潜り込んだ。

「見たモンは覗いていいたァ言ったかも知れねえが、腹ン中まで探っていいなんざ誰が言ったよ、このデバ亀野郎！」

「寝るのか？」

「うるせえっ」

「仕事はしなくていいのか？」

「ンなもなぁ、みんな寝静まってからに決まってやがんだろが……！」

＊

——その頃。

別の一室では、七つ子らが灯を囲んで話し合っていた。

「やっぱり、オスの方がいいよ」

「ちょっと男前だし」

「でも、身が硬そうじゃない？」

「メスは不潔で臭そうだもの」

「洗えば平気よ」

「お肉はいいと思うよ、あれ」

「私もそう思う」

「じゃ、メスにしとく？」

「いっそ、混ぜて食べちゃわない？」

「オスとメスを？」

「両方とも？」

「合挽き？」

「贅沢ぅ」

言いながら、子らの衣の裾が奇怪に膨らみはじめた。

「じゃ、お湯沸かさなきゃ」

「ちゃんと洗わないとお腹壊しちゃうかもね、あのメス」

「お湯は誰が沸かす？」

「じゃんけんで決めよう」

「ずるは無しだよ」

「後出ししたら、負けだからね」

かくして、瘤のある子が湯を沸かしに行くことが決まった頃には、子らはみな、奇怪極まりない芋虫の如き姿に変じていた。毒々しい緑色を帯びることとなった身は米俵を三つ四つつなぎ合わせたほどにも丸々と膨らみ、下顎《あご》は鋭い歯を並べて左右に裂けて、如何《いか》にも肉を喰いちぎるのに適した様となった。

「早く行こう、お腹空いた」

「じゃあ、お湯よろしくね」

瘤のある仔が湯を沸かしに台所へと向かい、残る六匹の仔らが百鬼丸とどろろの寝室に向かった。

都合数百におよぶ吸盤の脚が廊下をゆく音が、ざわざわと夜闇に染み渡った——。

九

虫の仔らは、百鬼丸らの寝室の前に群れ集まった。

そうして、すっ……と襖《ふすま》を開けて覗くと、どろろが頭までかぶっていたはずの布団を早くもひっぺがし、大股を開いて鼾《いびき》を掻きながら爆睡していた。

――ふごぉおおおおお。ふごっ。ふごぉおおおおおっ。

てめえ、寝静まってからの仕事は一体どうした？　そう問いかけるものもおらぬまま、どろろは虫の仔らに取り囲まれた。

――オスの方は？

虫の仔の一匹がそう言おうとした時に、別の一匹が気づいた。

百鬼丸は襖の上、壁と天井の角に張り付いていた。『百鬼丸』を壁に突き刺し、その刀身を足がかりにして、闇の中に大きな蜘蛛の如く潜んでいた。その口には抜いた左腕がくわえられてビクビクと暴れており、そうして見えないはずの両目が虫の仔らに狙いを定めたようにギラリと光っていた。

虫の仔は凍りついた――それはある意味、虫の仔ら以上に奇怪な様相であったからだ。

しかし、その百鬼丸に気づいたのは、その一匹だけだった。

他の虫達は顔全体をガバリと裂くかのように巨大な口を開け、どろろに喰らいつこうとした。そして、その唾液がぽたりとどろろの額に落ちた瞬間、

（——ヤバい！）

とでも言うように百鬼丸を見て凍っていた虫の仔が警戒の音を発し、同時に百鬼丸が壁から刀を抜いて躍りかかった！

「!?」「!?」「!?」

虫の仔らは俊敏にその気配を察して海老のような素早さで散り、いずれも『百鬼丸』を皮一枚でかわした！

にわかに室内は大騒ぎ——一匹あたりが米俵三つ四つもの巨大な虫の仔らが、小海老の群れに石を投じたような騒ぎを狭い部屋の中で繰り広げ、しかも背後から次々と牙《きば》を剝《む》き百鬼丸に襲い掛かってくる。無論、百鬼丸もそれらの牙をかわし、斬り返さんと立ち回るため、寝ていたどろろは虫の仔らの体に、百鬼丸の脚に、袋叩きさながらに方々からボコボコに嬲《なぶ》り蹴られることとなった。

「なな何でぇ何でぇ何でぇッ!?」

と、どろろが跳ね起き、あたりを見回すよう背後を振り返ると、目の前に苦悶《くもん》の形相を湛えた虫の仔が一匹、震えながら固まっていた。

すでに百鬼丸に斬られていたらしい――どろろが逃げる間もなく、虫の仔はかの歌姫のように爆発霧散し、どろろは至近真っ正面からその血飛沫《ちしぶき》をモロに食らわされた。

「ぶわあーッ!?」

と、その爆発とどろろの声を合図としたように、虫の仔らが障子から襖から床下から一斉に逃げ出した。百鬼丸は襖の方から逃げた一匹をさらに追おうとしたが、その行く手を遮るように憤怒の形相のどろろがつかみかかり、

「てンめ、ふざけんな! 変な汁、口ン中入っちまったじゃねえかよッ!」

しかし、百鬼丸はどろろには何も答えず、外れた障子の彼方、庭の方に訪れた何事かの気配に振り返った。と、どろろもその百鬼丸の様子に気づいて、庭に目をやり――、

「おめえ……!?」

あの巨大な胎児が、茫《ぼう》、と立っていた。

そうして、おずおずと庭の一隅の方を指差した。

「……蔵?」

胎児が指した先には二つあるうちの一方の蔵があった。と、それを見たどろろの視線を感じ取った風に、百鬼丸がそちらへと駆け出していった。

「おう、おめ――ちょ待て!」

どろろが百鬼丸を追って蔵に飛び込むと、百鬼丸はすでにその一隅にあった地下への扉を探り当てていた。

「何でえ、地下？　地下がありやがんのか？」

「お前はそこいらで金目のモンでも見繕ってな……！」

百鬼丸はそう言い終わるか終わらぬかのうちに、穴の中に飛び降りた。

「おい、待ちゃあがれってんだ、このハゲ！」

どろろも追って飛び降りたが、中は完全な闇に覆われており、着地に向けての備えも整えられずに地に叩きつけられ、慌てて立ち上がっても尚、壁面に激突した。

「だあ、痛ってえ！　おい、ちょ、何だ⁉」

と、全く何も見えない中、どろろはいきなり襟首をつかまれた。

「うお、何だ、てめえ放しやがれッ！」

「俺だ、少しは静かにしろ……！」

百鬼丸はどろろの襟首をつかんだまま、まるで何事もないように迷わずに歩き出した。

「何でぇおめえ、凄《すげ》えな兄貴、よく歩けんな？」

「俺には昼間の道もここも同じだ」

「ああ……見えねえのも慣れりゃ便利なモンなんかな？　暗えってのは、解ンのか？」

「お前の目が何も見えてねえだろ」

だが、間もなく何かが見えてきた。

行く手にぼうっ、と灯りが滲んできた——どうやら、そこは高さ一間ばかりの筒状に、うねうねと曲がりくねりながら掘られた横穴であったらしい。そうして、行く手のゆるやかに曲がった壁面が、ほんのりと灯りに染められていた。そこを曲がった先に灯りの源があるようだった。

「おい、何か灯りが……!?」

「だから、見えてるよ、いちいち講釈してもらわねえでいい……！」

曲がると、そこには巣穴のように掘り広げられた円い室《むろ》があり、豪奢《ごうしゃ》な寝台と燭台がしつらえられてあった。

「何だこりゃ……!?」

と、どろろが寝台に歩み寄ろうとすると、その足がぱきりと何かを踏み割った。

おびただしい数の人の骨が散らばっていた。

「……こりゃ……子供の……!?」

どろろは凍りついた。

中には幾つか大人のものもあったが、その多くは子供の大きさのものだった。

「喰われた……⁉」

「おい、こりゃ何だ……？」

と、百鬼丸がその近くにあったものを持ち上げ、だらりと広げて見せた。

どろろはまた絶句した。先ほどの虫の仔らの皮──それと同じものが、そこここに点々と脱ぎ捨てられてあったのだ。

「だ、脱皮？　脱皮しやがったのか、アイツら？　なら、こりゃ何だ、メシ食ったあと服脱いだあとかよ⁉　酷えな、行儀悪すぎだろ……⁉」

「お前が言うな──あっちにあるのは何だ？」

と、百鬼丸は寝台の奥の方の壁面を指した。

どろろが寝台を乗り越えると、寝台と同じほどの高さのところに、横一文字に大きく口を開けるよう、高さ二尺ほどの割れ目が広がっていた。

「その中だ」

百鬼丸に言われ、どろろが覗き込むと──、

「なッ……⁉」

そこには椰子《やし》の実ほどの卵が三、四十、産み付けられてあった。

目を凝らすと、その半透明の殻の中で蠢《うごめ》くものがあるのが、うっすらと見えた。生きていた。

その全てが生きており、間もなくに生まれ出ようとしているらしかった。

「これが孵《かえ》って、全部あの馬鹿でっけえ芋虫みてえになりやがんのか……!?」

「やっぱり——慈照尼は生きてるらしいな。或いは、元の慈照尼と入れ替わった魔物か」

「それが……おめえの体を獲った魔物……!?」

「肉の身持たずに、人と交わって子を産むなんぞ出来る訳がねえ」

そう言った百鬼丸の髪が、微かに風になびいた。

どろろがそれに気づき百鬼丸の背後を見やると、来た穴とは違う別の横穴がもう一本、隣に延びていた。

「ありゃあ、どこにつながってる……!?」

「あの寺だろ——寺の裏手に近えあたりの床下に板で塞《ふさ》がれた穴があった。朝方、寺を見て回ってて見つけた」

「俺が寝ちまってた時か……?」

果たして、それは百鬼丸が見立てたとおりで——やがて、どろろは床下の穴から再び焼けた寺に出た。

夜風にからからと乾いた音を立てて回る風車を見渡し、どろろは沸々と怒りが湧いてくるのを覚えた。

「……よう。慈照尼ってのァ、一人なのか二人なのかどっちなんでえ……!?　ハナから魔物が尼さんを騙《かた》ってやがったのか、それとも途中で入れ替わりやがったのか……!?」

「さてな。いずれにせよ……今いるのは魔物だってことは間違いねえ」

どろろは繰り返し思った――ゆるせねえ、ゆるせねえ、絶対にゆるせねえ……！

＊

その頃、鯖目は寝室で女に詰め寄られていた。

「鯖目殿……何ゆえにあのようなものらを不用意に家に上げました？」

慈照尼――百鬼丸が鯖目の記憶の中で垣間見たとおりの顔をした美女が、しかしその印象の中にはあったはずの気品や慈愛を根こそぎに欠き、浅ましいまでに妖しく艶《つや》やかな気配を漲らせて、鯖目に白刃を突きつけていた。

「儂《わし》は、ただいつものように……！」

「あれは招き入れてはならぬもの。お討ちなされ。封じてしまいなされ……！」

慈照尼は白刃の切っ先で鯖目の頬を撫《な》でるようにしながら、ゆっくりと刀身を翻し、その柄《つか》を鯖目に握らせた。

「後戻りなどあり得ようはずもない。そなたとわらわは永久《とこしえ》の契《ちぎ》りを交わした番《つがい》。精魂つきるまで、どこまでもどこまでも仔らを産み殖やしてゆくより、そなたの生きる道はない。そなたにとって生きるとは、わらわとの仔らを殖やしてゆくこと、それ以外には何もない——何せ契りを交わしたのですから。仔らの命を危うくさせるものは迷いなく、躊躇《ためら》いなく斬り捨てねばなりませぬ。もし、そう出来ぬとあらば、それは己自身の命を捨つるに等しき馬鹿げた振る舞い……何処までも、ともに参りましょうぞ……！」

鯖目の面には迷いが広がっていた。人としての良心はもはや薄曇りの晩の星の如くに朧な点となるまで蝕《むしば》まれてしまっていたが、尚、そこには強く呵責《かしやく》が働いていた。

——と、彼方から、何者かがやって来る気配が近づいて来た。力強く歩み来る足音が、次々と襖が開け放たれる音が、そのひと刻みごとに大きくなりながら迫ってきた。

「かの首、討ち落とされい……！」

そして眼前の襖が開け放たれ、百鬼丸の姿が現われた。

慈照尼は鯖目を盾として、その背に身を隠して猛《たけ》った。

「叩っ斬れいッ！」

と、鯖目が切羽詰ったような面持ちで刀を振り上げて、百鬼丸に挑みかかった！

しかし、百鬼丸は眉一つ動かさずに『百鬼丸』を抜き、鯖目の刃を受け止めた！

「あんた……そろそろ目ぇ覚まさねえと、芯から腐れ堕《お》っちまうぜ……？」

鯖目は震えていた。

「どうやら、あんたはあんたで哀れではあったらしいが」

鯖目はもはや心を閉じ、記憶を塞いでおくことが出来なくなっていた。

「元の尼さんに──惚れてやがったかい」

否──そもそものはじまりをたどるなら、それは慈照尼から発されてはいなかった。

源は鯖目自身の体にあったのだ。その背に盛り上がった、大きな瘤に。

鯖目にとってそれは幼い頃より、人との交わりを遮るものであった。郷士という身分ゆえ、村のもの達からあからさまな蔑《さげす》みを受けることはなかったが、その代わり誰からも「気にするな」と親身な慰めの言葉をもらうこともなかった。親達も疎《うと》んじるような顔は見せなかったが、しかしどこか愛されきっていないということを、鯖目は小さな頃から感じていた──寂しかった。鯖目の中では、瘤と孤独が強く一つに結びついていた。寂しさを覚えれば覚えるほど、その分、また瘤が大きくなるのではとさえ思われていた。

鯖目はやがて、戦と病で親を亡くし、嫁をもらうこともなく広い屋敷にたった独りで暮らすようになり、さらに孤独を深めていった。

鯖目は美しいものを愛していた。美しい花を、器を、書画を愛し、自身もまた美しいといって差し支えのないほどに端正な顔立ちをしていた。

しかし、瘤が——端正な顔立ちをしているだけに、余計に悲壮を滲ませる孤独な瘤が。

鯖目は広い屋敷に独りで住み、美しく整ったものを愛するゆえに、日々のほとんどを家の掃除に費やしていた。そうして旅のものが通りかかることがあれば、広い世間の話を乞い、食事を振る舞い、寝床を提供した。決して裕福といえるほどではなかったが、己一人を養い、たまに客人を迎えられるほどの財は親から引き継いでいた。尤《もっと》も、世の折も折、どろろを待つまでもなく、自ら空き巣狙《ねら》いを屋敷に上げたも同然となるようなこともしばしばあったが、それでも鯖目は旅のものに声をかけ、屋敷に招き続けた——

そんなある日に、捨て子を二、三連れた尼が、村外れの寺にやって来たのだ。

慈照尼。

その尼に会って、鯖目はただ一目で心を根こそぎに奪われた。

美しかった。が、鯖目の心を奪い、震わせたのは、その美しさ以上に——笑みだった。

鯖目は生まれてはじめて、己に向けられた本当の笑みというものを見た。

無論、鯖目は人というものが互いに笑み合うものであるということを知ってはいた。

しかし、鯖目は生まれてこの方、本当の笑みというものを向けられたことがなかった。

鯖目に笑みが向けられる時、村人らの顔にはどこか怯みや気遣いが入り混じり、肉親の顔には物悲しげな何ごとかが混じった。尤も、狭い村で二十年も三十年も共に生きていれば、村人らもやがては鯖目に慣れるはずだったが、そうした時を迎えるよりも世が戦に乱れる方が早く、それ以後は村人らの顔から笑み自体が失われることとなった。

鯖目は本当の笑みというものを向けられたことがなかった。ところが慈照尼は鯖目と目が合うや、何の怯みも切ない心遣いの類もなく、ただ真っ直ぐに鯖目に笑みを向けてきた——その刹那《せつな》、鯖目の魂が轟《とどろ》いた。笑みというものの輝かしさをはじめて知り、心を激しく眩《くら》ませて、鯖目はその場に崩れ落ちてしまいそうにさえなった。

恋に落ちた世々の男達が、お前のためなら死ねるなどと女に向こうて口にするのは、他愛もない己への欺瞞《ぎまん》であると鯖目は思い知った。死ねるのではない。死にたいのだ。もし、あの笑みが己に向けられぬようなことになるなら、と試みに想じてみるだけで。

慈照尼が出家の身であったことは、鯖目にとって最も苦しいことであったとともに、最も幸いなことでもあった。尼ならば、他の男に奪われてしまう心配がない。陰ながらにであれば、いつまでも恋い慕うていることが出来る——陰ながらに、であれば。

(彼《か》の女《ひと》が仏の道を歩まれておるのであれば、儂もその道をともに……永久に)

そのようにさえ思っていた——のだが、やがて、そこに。

『魔』がやって来た。

人は、仏でもなければ、魔でもない。

逆にいうなら、魔とは人がそうなろうと試みてみたとて、おいそれと太刀打ち出来るものではないほどに邪《よこしま》なものだということだ。

『魔』は旅のものの姿でやって来た——鯖目はそれを自ら屋敷に招いてしまった。

『魔』は言った。

ここは良き村——程よく鄙《ひな》び、程よく人があり、程よく柔らかき身の子らもおる。仔を産み育てるには、なかなかに良きところ——屋敷も広く、静かで、好ましい。

そなた——どなたか良き女《ひと》を慕《しと》うておられますな?

「……契りましょうや?」

鯖目は旅の女が何を言っているのか、さっぱり解らなかった。

しかし次の瞬間、鯖目は瞠目《どうもく》し、魂に危険と甘美——その双方から、震えを覚えた。

旅の女は見る見るうちに慈照尼の姿となった。

「そなたの望む姿はこれか? さあ、交わしましょうや。永久の番《つがい》の契りを」

鯖目は様々なものを諦めつつ生きて来ていた。その諦めたはずのものの中でも大きな幾つかが、ぽとり、ぽとり、と目の前に滴り撒かれた——色。妻。子。父、という呼称。

（馬鹿な、これは慈照尼殿ではない）

（儂は慈照尼殿が）

（彼の女とともに仏の道を）

しかし、『魔』は鯖目の目を真っ直ぐに見つめて笑んだ。

怯みも遠慮も物悲しさも交えず、ただ真っ直ぐに——邪な、艶やかな笑みを。

（慈照尼殿……！）

『魔』は、するすると鯖目を惑わしにかかった。

鯖目は凍りつき、抗《あらが》えず、激しい甘美と寒気を身魂《しんこん》の全てに覚えた。

（慈照尼殿…！）

その笑みは慈照尼のものとは全く似ても似つかなかったが、鯖目にとっては、それもまた誰からも向けられたことのないものだった。それが、恋焦がれる女の顔から——。

（慈照尼殿！）

鯖目は堕ちた。

やむを得まい——慈照尼が如何に村のものらから生き仏と称されようと、所詮《しょせん》、人の世の例えである。その時に鯖目を惑わしにかかったのは、生粋《きっすい》の『魔』であった。何の心の備えもない中でいきなりに『魔』に出くわし、抗いきれるものなど世に幾らあろう。

「そなたの生涯の甘美、約束致しましょうぞ――今宵一夜の契りが、永久の契りの証《あかし》」

鯖目は、抗えぬままに『魔』との契りを果たした。

そうして、妻となった『魔』を『慈照』と呼んだ。

やがて、『慈照』は慈照尼を殺《あや》め、生き仏になりかわった。

村人らはそれに気づかず、時に布施をほどこし、また子を寺に預け続けた。

慈照は子らを鞭《むち》もて使い、夜には逃げ出さぬように縛り上げ、そして寺の床から深い穴を掘らせはじめた。鯖目の屋敷の蔵につながる径《みち》を。その中ほどに子を産む寝床を。

鯖目は一度だけ、捨てられた子らが鞭もて使われる様を覗き見に行ったことがあった。

慈照尼が、彼《か》の女がいなくなった――まさか、慈照が、妻が、『魔』が、殺めたのか。

もしそうなら、儂は何ということを。あ奴は寺で何をしている？

そう確かめに行き、寺の壁の隙間から中を覗き込んだのだ。

すると慈照は子らを鞭打っており、ゆるりと鯖目に振り返って……じわりと艶やかな『魔』の笑みを湛えて見せた。

その笑みを垣間見た時、鯖目は心が陶《すえ》のように強張り、同時に鈍器で打ちすえられ、びしりとひびが走ったように感じた。そうして、そのひびの合間から、

(――もはや、逃れられぬ)

そう呟いた己自身の声を確かに聞いたように思った。

鯖目は夜毎《よごと》に、熱にうなされてのうわ言の如くに、口と心で呟き続けるようになった。

「慈照……！」

（慈照尼殿……！）

「慈照…！」

（慈照尼殿…！）

「慈照！」

（慈照尼殿！）

そうして慈照との間に仔らが生まれ、寺の子らが一人、また一人と、穴の中に連れてゆかれるようになった。

鯖目は一度もそれを見に行かなかった。

ただ屋敷の中に閉じ籠《こも》り、美しいものを愛で、慈照に溺《おぼ》れ、外に出るのは獲物を漁《すなど》りに行く時だけとなった。

以前と同じように旅のものを招いてくれれば、それで良かった。食事をふるまい、世間の話を聞き、床を用意しさえすれば——あとは仔ら自身がやった。

それはそれで、静かな日々ではあった。

しかし、ある晩、ちょっとした騒ぎが起こった。

鯖目は詳しくは知らなかったのだが、寺の子らが逃げ出さぬよう、虫の仔らが代わる代わる見張りに向かっていたらしい。しかし、その入れ替わりのわずかな合間に、縄を解いた子があったのだ。

その時、まず先に村に助けを呼びに走れば良かったのだが、優しさが智恵に勝り、縄を解いた子は他の子らの縄も解きはじめた。そうして解かれた子もそれに倣《なら》って、また別の子の縄を解きはじめた——そうこうしているうちに、虫の仔がやって来たのだ。

その時に身の自由を得ていた子らは寺から駆け出したが、虫の仔は姉妹を呼ぶ奇妙な音を発し、子らはみな村に駆け込む前に捕らえられた。そうしてこの先、こうしたことが起こらぬようにと、寺の子らは——全て穴の中に引きずり込まれた。

かくて、寺は無用の長物となった。子らと尼だけが失せたとあっては、何処へ行ったと余計な詮索が村のものらに湧くやも知れぬ。探し回られても面倒なこと、むしろ寺はあるだけ邪魔——慈照はそう思い、寺を焼き、鯖目の屋敷と巣穴に籠ることとした。

「鯖目殿、かの寺を焼いてこられよ」

鯖目はそう言われて、夜中に寺に向かい——激しく迷った。

(あの輝かしい笑み)

鯖目が己に向けられた本当の笑みをはじめて見たのは、その寺でのことだった。そこを焼かねばならぬのか——想い出さえも焼き滅ぼしてしまわねば。ここを焼いてしまえば、儂は心のうちでさえ、その名を呼ぶことが出来ぬこととなるだろう。

（慈照尼殿……！）

だが。

（——もはや、逃れられぬ）

その名を心に想ずる値打ちさえ儂にはない。儂はすでに、『魔』に堕ちて久しい。

（慈照尼殿——）

鯖目は最後にもう一度だけ心のうちでそう呟いて、寺に火を放ったのだ。

「それから」

と、百鬼丸が言った。

「村からガキの食いぶちを引っ張って来ねえとならなくなった、って訳かい。そして、『神隠し』を『鬼啼き岩』のせいじゃねえかと誤魔化して——」

鯖目は震えていた。

外から、号笛《サイレン》の音が鳴り響いて来た。

＊

どろろは火の見櫓に登って、設《しつら》えられてあった天鯨《あまくじら》姿の号笛を回し鳴らしていた。

そうして一体何事かと家々から飛び出し、駆けつけてきた村人らに向かって、

「うらうらボンクラども一っ！　とっとと集まりやがれ、このゴミクズどもが一っ！」

そう叫び、逸早くやって来た男の足もとに虫の卵を投げつけた。

と、殻が弾け、へら鮒ほどの虫の仔が小石混じりの地に転がり出した。

「てめえも見やがれ！　てめえもだ！」

どろろは来るもの来るもの目掛けて、次々と卵を投げつけた。

「おうおう、そいつぁ一体何だと思う、知りてえか!?　知りたくなくても聞きやがれ！

そりゃあ、てめえらが捨てた子を喰って殖えた化けモンの卵だよ、卵！　いいか、両耳カッぽじって、よっく聞け！　耳毛のワッサリ生えてる奴ァ、掻《か》き分けてトックリと聞きやがれ！」

＊

百鬼丸が鯖目に言った。

「あんた、魂吸われてるぜ——ここが剣ヶ峰だ。引き返しな」

刀の柄《つか》を握る鯖目の手がかたかたと震え、そして握る力が微かに緩んだ。

その時、壁面以外の三方、百鬼丸が背にしていた襖、その対面の襖、庭に面した障子から、虫の仔らが手に手に槍《やり》や薙刀《なぎなた》を持って現われた。

そして天井裏からも、床下からも、気配が。

(五匹か——元は七匹いたな。どろろを囲んだのは六匹。そのうち一匹は俺が斬った。あと一匹——は、どこに行きやがった?)

障子の方にいた虫の仔から、慈照へ槍が投げ渡された。

と、慈照は鯖目の背後から、鯖目もろともに百鬼丸を貫きかかった!

が、百鬼丸は鯖目を脇になぎ倒し、槍の切っ先をかわして、その柄《え》を叩き斬った!

しかし、すかさず別の子から薙刀が投げ渡され、慈照はキリ、と、それを構えて、

「仔は、獲らせぬ……!」

百鬼丸は失笑を浮かべて返した。

「肉の身持って、血を分ける情けに目覚めたか……?」

と、慈照の姿が見る見る変じはじめた——生き仏と讃《たた》えられた尼には似ても似つかぬ気配を醸しながらも、しかしその容姿だけはまさしくその通りであった美しい顔や立ち姿を破り捨て、かの奇怪な虫の仔らが長ずればかくの如くになろうという凄まじき姿がついに顕わとなった。

マイマイオンバ——と、四十八の魔物らの間では呼ばれていた、毒蛾の如き姿の魔。

その本性をはじめて目の当たりにした鯖目は、陶の如くに強張っていた心が粉微塵《こなみじん》に弾け飛び、ざらざらと冷たい夜風に吹き流されてゆくのを感じた。

慈照——という偽りの名さえ、もはや鯖目は覚えることが出来なかった。

「仔は獲らせぬぞッ！」

マイマイオンバは百鬼丸に挑みかかり、刃を、裾を、毒々しく様子を変えた極彩色の髪を翻して、妖しく舞うが如くに百鬼丸の首を狙った！

しかし、百鬼丸は造作もなくそれらを受け、かわし、なぎ払って鯖目に言った。

「——あんたが見殺しにしたガキどもが来たぜ」

鯖目はぎくりと怯えたようにあたりを見渡し、庭の奥にその姿を見つけた。

巨大な胎児が、茫、と立っていた。

＊

「——それが神隠しの顚末《てんまつ》よ！　てめえらは魔物に騙されてたんでえ！　いや、魔物と生き仏の違ェさえ見抜けずに、てめえの倅《せがれ》や娘を化けモンに食わせてやってたんだ！　何でそこまで目が曇っちまったのか、よっくよくてめえの腹に聞いてみやがれ！」

どろは茫然と固まっている村人達に、畳み掛けるようにまくしたてていた。

「尤も、今はそんな馬鹿面ひっさげてボンヤリ物思いに耽《ふけ》ってるヒマなんざねえがな！　その卵はまだまだ二十も三十も四十もありやがんだ、それが孵っちまや、てめえら全員喰われて村ごとしめえにならァ！　さあさあ、どうするつもりでえ、みすみす喰われっちまうのを待ってるか、俺と一緒に虫追いに行くか!?　行くって奴ァとっとと家から鍬《くわ》でも鎌でも持ってきやがれ！　武器んなるモン持って、虫どもの巣穴に突っ込んでやるんでえ！」

＊

——ひた。

と、一塊になった寺の子らが、鯖目達の方に進み出した。

「……許してくれ」

鯖目は目に涙を湛え、近づいてくる子らにそう言った。

「儂《わし》は、魔に堕ちた……！」

そうして、火を放つのなら寺よりも我が身に放てば良かった、と思った。

「魔物は、儂自身だ……！」

しかし、百鬼丸が言った。

「魔もそう容易《たやす》くなれるもんじゃねえぜ。つけあがるな……！」

百鬼丸は方々から険しく兆《きざ》してくるマイマイオンバや虫の仔らの刃をかわしながら、

「首くるより、引き返す方が辛え……！　転げ堕ちた急坂引き返して、登り直すのが想うだにキツい――そんなとこだろ……甘えるな。引き返せ……！」

そう言いながら、しかし、その心を深く同情に軋《きし》ませていた。

背の瘤――それがそもそもの基《もとい》であり、そして道を踏み外したのが魔の惑わしによるものであったなら、百鬼丸は同情を覚えずにはいられなかった。魔物により異形の身とせられ、それがための苦しみを様々に味わってきた身には、鯖目の次第は事の順序こそ違えど、他人事とは思われなかった。そうであればこそ――。

「引き返すんだよ。いよいよ腐れ堕ちて、奈落の底の底まで沈んじまう前に……！　俺が魔物を叩っ斬る前に、あんたの方からこれまでを断ち切るんだ！」

床に崩れていた鯖目は、天を仰ぐように百鬼丸を見上げた。

「そなた……一体何ものか……!?」

その時、彼方から大勢のものらが駆けつけてくる物々しい気配が迫って来た。

そして、どろろの声が――。

「兄貴ーッ！　助太刀に参ったぞぉーッ！」

マイマイオンバは何が押し寄せてきつつあるのかを悟り、百鬼丸を睨み据えて言った。

「貴様さえ来ねば……！　覚えておれッ！」

と、マイマイオンバは袖を突き破り、両腕を巨大な蛾の羽と変じて広げた！

そうして毒々しい鱗粉をあたりに撒き散らしながら、ごうごうと羽ばたき、

「またいずこかで仔を殖やし一族をなして、貴様を取り囲み喰らいつくしてやろうぞ！」

と捨て台詞《ぜりふ》を残し、『百鬼丸』をかわして障子を潜り、夜空を目指して舞い上がった。

すると、庭にいた巨大な胎児の身が柘榴《ざくろ》が割れるよう真っ二つに裂け、中から十数もの人魂が飛び出して、一斉にマイマイオンバを追いはじめた――人魂は捨てられた子らの姿に変じて次々とマイマイオンバに取りすがり、小さな手で羽を毟《むし》りはじめた！

「小僧ども、放しやれ！」

マイマイオンバは子らを振り払おうと羽ばたきを強め、身をよじったが、子らは振り飛ばされようとも翻っては羽に群がった。そうして、ほどなく羽をぼろぼろに破られたマイマイオンバは庭へ向かって落下――そこに追って駆け出してきた百鬼丸が、

「てめえのガキ見捨てて逃げるたァ、何とも魔物らしくて結構なこったな!?」

と、その首根をズバリと断ち切った！

胴から離れ、地に転がったマイマイオンバの頭は尚も百鬼丸を恨みがましく見やり、

「貴様……まこと、何ものぞ……!?」

「てめえ自身に聞け……！」

その百鬼丸の言葉にマイマイオンバは思い当たったように顔色を変え——次の瞬間、爆発霧散した。

「——兄貴ッ！」

そこへどろろや村人達が塀を乗り越え、門を潜って雪崩れ込んできた。

村人らは虫の仔らの姿を見るや、蒼白の面持ちで凍りついて、

「逃がすなッ！」

と手に手に持っていた鍬や鎌を振り上げて、逃げた虫の仔らを追いかけはじめた。

「巣はあっちの蔵の床下でえ！」

どろろもそう叫び、村人らとともに走り出そうとしたが——ふと上空に気づき、その脚を止めた。村人達の中にも一人、また一人と空に気づき、立ち止まるものが現われた。

その中には、与平とお静も含まれていた。

「辰蔵……！」

捨てられた子らの魂がくるくるとゆるやかな渦を描きながら舞い降りてきた。そして、子らは地にだらりと臥《ふ》していた、子らを包んでいた巨大な胎児の抜け殻のようなものを気遣うようにさすりはじめた。

と、その抜け殻のようなものは、ゆるりと姿を変えながら立ち上がり、ちりーん……、と澄んだ音を響かせて、美しい尼僧の姿となった。

「慈照尼殿……！」

鯖目は身を、それ以上に心を震わせて、呻《うめ》くようにそう洩らした。

慈照尼は疲れ果てているようだった。恐らく、これまで十数人もの子らを必死に一つに抱きしめ続けていたのだろう。マイマイオンバに殺されて以来、子らを気遣って寺のあたりをさ迷い、子が死霊となるたびに無私にその胸に抱き入れ続けて来たのだろう。それがために、子らは一つの大きな姿となって集まっていられたのだろう。

どろろはその慈照尼の面立ちを見て、心の底からの喜びを——救《い》いを覚えた。端《はな》から魔物が尼を騙っていたのか、それとも途中で入れ替わったのか。どろろにとって、その違いは大きかった。

元々、見上げた尼さんがいた、けれど、その尼さんは魔物に殺されてしまった、そういう話なら、それは勿論痛ましいことではあるが、この乱世がそのような悲惨に満ちているということは、どろろは十分に承知していた。これも無論、悲惨な話だ。しかし、端から見上げた尼さんなどいなかった、子らは捨てられてしまえば一縷《いちる》の望みもなく、無惨にのたれ死ぬしかないという絶望を叩きつけられるよりは、よほどいい——。

どろろは慈照尼が浮かべた疲れきった微笑《ほほえ》みに、底深い輝きを見た。

(凄え。この尼さんは本当に凄え……！　本当に人なのか？　人だよな？　頼む、人であってくれ……！)

そして百鬼丸はその慈照尼の気配を感じながら、心のうちで密かに呟いた。

(——澪《みお》)

その名を呼び起こさせる似通った何かが、慈照尼にはあったのだ。

そして慈照尼を囲んで、子らがゆっくりと空に、天に向かって舞い上がりはじめた。

その光景——人の目が見れば美しく、魔の目が見ればいかがわしく、獣の目が見ればどうとも映らないであろう有様を見、鯖目は「慈照尼殿！」と叫び、子の親らはわが子の名前を口にした。

だが、もはや慈照尼は鯖目には笑みを送らず、子らの多くは親の声に振り返りはしなかった。慈照尼は慈しみに満ちた目でただ子らのみを見つめ、子らの多くもただ慈照尼のみを見つめていた。しかし、それでも尚、子らの幾人かは、遠ざかってゆく親の方を振り返って寂しそうな貌《かお》を浮かべ——。

「辰蔵！」

「辰蔵ようッ！」

そう叫ぶ与平らを振り返り、酷く迷いを覚えたような様子の子があった。

そこで、どろろが一喝した。

「てめえ、一遍捨てた挙句に、まだガキをこの世に迷わせる気かよッ⁉」

ぐっ、と与平らの喉《のど》がつまった。

どろろは辰蔵ら、迷いを帯びている子らを見上げて叫んだ。

「振り返るな！　お前らはもう十分苦労したよ！　その優しい姉ちゃんと極楽に行け！　お父ちゃん達もちょっと遅れるが、そのうち必ず行くっつってっから、安心して休め！　お前らはもうこんなとこにいなくていいんだ！　その姉ちゃんと凄え綺麗なとこ行って、楽しく暮らせ！　幸せになりな！　いいな⁉　絶対幸せンなれよーッ！」

辰蔵らは――笑みを湛え、慈照尼とともに虚空に溶け消えた。

しばしの静寂の後、与平らの嗚咽《おえつ》が堰《せき》を切ったように一斉に溢れた。

「馬鹿野郎どもが……！　てめえら、いずれ死んだら、ちゃんとガキどものいるとこに行ってやれよ。でなきゃ、俺が嘘つきになっちまわ……！」

どろろがそう言い、そうして心の中で、

（けど、これも戦のせいか）

そう呟いた時――百鬼丸が苦しげに腹を押さえて崩れ落ち、地にうずくまった。

百鬼丸は体中を痙攣《けいれん》させて、みぞおちをしたたかに殴り続けられているかのように、激しい空嘔吐を繰り返しはじめた。どろろは百鬼丸に駆け寄り、背をさすってやり、

「兄貴――よう、兄貴、どうした！　腹が痛えのか？　大丈夫か、どの辺が痛むんだ？　まさか、笑いすぎとかじゃねえだろうな⁉」

百鬼丸は――口からごぼりと肝《きも》を吐き出した。

びしゃり、と湿った重い音を立てて放り出されたそれを見、村人らは息を呑み、嗚咽さえも途切れさせた。

百鬼丸はさらなる激痛に見舞われたように、その場で七転八倒しはじめた。恐らく、脚が生えてきたように腹の中で肝《かん》の臓《ぞう》が――。

「兄貴！　兄貴っ⁉　頑張れっ！　すぐに痛みは収まンだろ⁉　よう、兄貴っ！」

村人達の目は吐き出された臓物が、どろどろと白く崩れ去ってゆく様に注がれ続けていた。そうして、やがて百鬼丸の腹の痛みが引いて来た頃に――その一隅から、

「……こいつも、化け物か……⁉」

という声が洩らされた。

それを聞き、どろろは怒りを浮かべて振り返った。

「何だと、コラ……！」

しかし、村人達はびくりと身を強張らせ——手にしていた凶器を握り直した。

「出て行け……！」

「お前らも、村から出て行け……！」

そして、村人の一人が改めて気づいたように鯖目を見やり——怯えに追い立てられたように鍬を振り上げて躍りかかった。

鯖目は避ける間もなく、その柄を額に受けて昏倒《こんとう》した。

「何しやがんだ、そいつは騙されてただけだっつったろう⁉」

——ならば、もう騙されんぞ。

そうとでも言うかのように、他の村人達も鯖目に襲い掛かりはじめた。その貌には義も欲も怒りもなく、ただ怯えだけがあった。鯖目は三人の村人によってたかって殴られ、その額に、その瘤に、血を滲ませはじめた。

「よしゃあがれってんだっ！」

どろろがそう止めに入ったが、力ずくで薙《な》ぎ払われた。

遠くから、虫の仔の悲鳴らしき奇妙な音が聞こえてきた。

屋敷の一室で、裏で、地下道で、虫の仔らが打ち殺されていた。

火を放たれた寝台の奥で、虫の胎児達が卵の殻の中で狂ったように身悶《みもだ》えていた。

やむを得ない——それは確かに、己が生き抜いてゆくためにはやむを得なかったこととであったろう。しかし、その時の村人達の貌には、そのような苦渋の決断めいた気配は微塵も見られなかった。やはりただ怯えだけが、浅ましいまでに怖れた色だけがあった。どろろはそうした気配の滲む周囲を愕然《がくぜん》と見渡し、その果てに改めて百鬼丸を見た。そうして百鬼丸が力なく、ぐったりと立ち上がった時――どろろは不意に垣間見た。或いは、それはただのどろろの空想に過ぎなかったかも知れない。どろろは百鬼丸が元の体をどれだけ取り戻しているのか、そのどこを取り戻しているのかを知らなかった。だから、それはただの空想にすぎぬものであったかも知れないのだが、どろろはその時、百鬼丸の――実の姿を垣間見た。

目もなく、耳も鼻も両腕も片足もない、体の大半を欠いた青年――そうしたガラクタのような姿の青年が夜闇の中に力なく立っている様を、どろろはほんの刹那の間、確かに見たように思った。

どろろはその時、大地でブン殴られたような衝撃を覚えた。途轍もない巨人が持ち上げた大地、戦で流された血を吸い、行き倒れたものらの骨を散らし、水を涸らしてひび割れた大地で、思い切り打ち据えられたような衝撃を覚えたのだ。

(何が、チンピラだ……!?)

どろろが心のうちでそう呟いた頃には、もう百鬼丸は美男とさえいえる、何の異形も思わせない姿で立っていた——が、しかし、その立つ姿に、やはり力はなかった。

(こいつは……山を降りてからどんな目に……)

「——出て行けっ！」

と、その時、また別の村人が追いつめられたような面持ちで飛び出し、百鬼丸の後頭部を棍棒《こんぼう》で打ち据えた！

それを見た刹那、どろろの腹の底に真っ白な灼熱《しゃくねつ》が沸々と沸きあがってきた。

「出て行けっ！　出て行けっ！　出て行けっ！」

村人がそう叫ぶ度に繰り出された幾度目かの殴打が百鬼丸の背に届いた時、どろろは灼熱を爆発に変え、その村人に躍りかかり、全力で殴り倒した。そうして棍棒を奪い、鯖目を囲み嬲《なぶ》っていたものらも追い払い、

「ふざけんじゃねえ、このクソ馬鹿野郎どもがあッ！　コイツは礼を言われこそすれ、出て行けなんて言われる筋合いは毛先ほども塵ほどもねえ！　この恩知らずのトンチキどもが、おめえらみんなホゲタラだッ！　一人残らずギタギタにしてブチ殺すぞッ⁉」

だが、どろろがそう叫んで敵意を顕わとするや、村人達も同じものを呼び起こして、さらに手に手に持っていた凶器を握り直して来た。

その時、百鬼丸が鼻から抜ける笑みを洩らした。

「やめとけ……しょうがねえんだよ」

どろろは最初、百鬼丸が何を言っているのか解らなかった。

「こいつら、本気で俺を怖がってんだ。悪気はねえ……そんなら、仕方ねえだろ？」

どろろは愕然とした——悪気がねえ？　だから、恨むには当たらねえって？　悪気があって、嘲笑ってでもいやがるんなら、幾らでも「畜生！」っつって恨んでもいいが、そうじゃねえんなら仕方がねえ？　ただ仕方ねえって大人しく諦めとくしかねえって？　じゃあ、おめえはどうすりゃいい。その哀しみや憤りを誰にぶつけりゃいいんだ……!?

百鬼丸は、尚も自らを嘲笑うように言った。

「どろろ……って名前は、やっぱり、お前より俺の方が似合いらしいな」

化け物小僧——どろろはその言葉の意味を心のうちで噛み締め、思った。

（魔物か？　なら、おめえは体の四十八を奪った魔物を恨んでんのか？　元の体を取り戻すより何より、魔物が憎くて憎くてブッた斬って回ってンのかよ？　いや、それだけのはずがねえ。魔物が憎くて仕方ねえようなことになったんなら、そりゃあやっぱしこいつらみてえなド畜生のせいだ。悪気があろうがなかろうが、こういう奴らのせいだ……！）

どろろはあたりの農民達を睨み渡し、怒りに震えた。

（戦のせいなんかにしとけるか……！　『戦』なんてもんはありゃしねえ、ただ馬鹿がいるだけだ。馬鹿がいるから戦が起こり、馬鹿ばっかしだから仕舞《しめ》えに出来ねえんだ！悪気がねえからって、おめえが怒れねえんだったら……代わりに、この俺が……！）

そうして百鬼丸が立ち上がるや、村人達はまたもや一斉に襲い掛かる構えに出た。

どろろは迫り来た村人を蹴り返し、百鬼丸の腕を取った。

「どきやがれ、虫ケラども！　脳タリンの虫ケラはてめえらだッ！」

そうしてどろろは鯖目の腕も取り、村人達を掻き分けて駆け出した！

「おう兄貴、次の魔物はどこでえッ!?　四十八匹残らずブッた斬って、とっとと元の体全部取り戻しちまいやがれ！　そんでメッチャクチャ強え水も滴る男前ンなって、あの貧乏臭え虫ケラどもを見返してやるんでえッ！」

屋敷の門を潜りながらどろろにそう言われ、百鬼丸の心にハッと明るむ何かが閃いた時――夜空では、すう……、と雲が割れ、澄んだ月明かりがあたりに広々と照り渡った。

（こいつ……!?）

百鬼丸は、月明かりに照らされたどろろの横顔を見やった。

「さあさあ、魔物はどこにいやがんでえ!?　こっちもてめえの左腕の刃を頂かなきゃあいけねえんだ、トロトロしてる暇ァねえッ！　行くぞ、コラぁーッ!?」

＊

そして未明、どろろと百鬼丸は再び街道を進んでいた。

鯖目は己の屋敷を飛び出して間もなく、焼けた寺へとつながる道の岐《また》でどろろの腕を振りほどき、強く自らに説き聞かせるように、こう言った。

「私は……かの寺へ……！」

自らが焼いた寺を、はじめて笑みの輝きというものを教えてくれた場所を建て直す、そう心に決めたらしい。

「馬鹿か、てめえはもうこの村にゃいられねえんだよ！　ここいらをウロウロしてたらまた村の連中にやられっちまうぞ⁉」

どろろはそう言ったが、鯖目の心は揺るがなかった。

「あそこで死ぬなら、それこそ本望——私が死ぬ場所は、あの寺以外には御座いません」

（急坂を引き返すか……）

百鬼丸はその言葉に、切なさとともに深い安堵を覚えた。

（間違いなく、並大抵のことじゃ済まねえだろうが……けど、いつか、あの寺に天から梯子《はしご》がかかって、あの尼さんにまた巡り合えるといい……）

どろろ達は、そこで鯖目と別れた。

二人は行く手を見据え、足並みを揃えて再び歩いた。

街道の空気は酷く冷たく、尚、幾らか苦い気配を漂わせてもいたが、東の空は紫水晶のように澄み渡り、そして地を踏む二人の足取りには、どこかしら確かなものがあった。

と、不意に――歩きながらどろろが口を開いた。

「よう……ところで、一つ言っとくがよ？」

何だ？　と問うように百鬼丸がどろろを伺った。

「一度パクッたもんを御親切に返してやるマヌケな盗っ人なんざ、この世にゃそうそういやしねえからな……？」

百鬼丸はどろろが言わんとしていることが解らず、訝しげに問う気配を返した。

すると、どろろは一人先をゆくよう、ダッと駆け出し、やがて悪戯《いたずら》好きの猫のような笑みを浮かべて振り返り、

「天下の大泥棒、どろろ様――」

と、太鼓の撥《ばち》を握りしめて言った。

「この名前は返しゃあしねえよッ！」

トーン！　と力の限りに太鼓を一つ打ち鳴らし、どろろはさらに先へと駆けていった。

百鬼丸の面に、歪みのない、健やかな笑みが灯った。

十

それからどろろと百鬼丸はしばし見事に息の合った有様を見せ、破竹の勢いで方々の魔物らを斬り伏せてゆくこととなった。

敵を殲滅《せんめつ》し元の体を取り戻すという、その忌まわしい繰り返しに変わるところは何らなかったはずなのだが、けれども、それは百鬼丸にとって山を降りて以来、久方ぶりに明るい気配を覚えさせてくれる日々となった。

勿論、魔物は魔物であり、それぞれがしでかしていた所業というのは、どれもこれもおぞましいものばかり——己の身の一部を使ってそのようにしているということには、百鬼丸も毎度怒りを覚えずにはいられなかったのだが、しかし、そこに伴ってあった、恨み、というものについては、どろろのおかげで随分と解《ほぐ》されることとなった。

どろろが百鬼丸の分も憤ってくれたからだ。

怒りというのは他人事でも覚えられるものだが、恨みというのはその当人以外に覚えられるものではない。百鬼丸が魔物への恨みを沸々と抱き続けていたのは、ひとつにはその心に共感してくれるものがなかったからだった。孤独に鬱々と己に籠って旅をする、そうした日々にあって、昏《くら》い恨み心から解き放たれることなどあり得ようはずもない。

どろろは共感するものだった——勝手に共感するものだった。

その状況を自分の身に置きかえて考え、きっとこうに違いないと納得する、その置きかえ具合については、やはり多分に見当違いなことが多くはあったが、しかしそれでも、

「許せねえ……！」

と魔物に対して本気で怒りを表わしてみせたなら、それは百鬼丸には想いを同じゅうする同志が現われたに等しかった。挙句、その当の魔物がいよいよ登場し、百鬼丸が、

「危ねえから下がってろ！」

と言ったにもかかわらず、まるで己自身が体を獲られて恨みを抱えているかのように、

「てンめえ、体返っしゃがれ、このホゲタ魔《マ》がぁーっ！」

と小刀を抜いてつっこんでゆき、そして百鬼丸がどうにか魔物を斬り伏せたところで、

「っしゃアーッ！」

と、満面の笑みで飛び跳ねる——そんな繰り返しであったなら、それは百鬼丸の鬱々とした恨み心も、否応なくくじかれてゆこうというものだった。

どろろは百鬼丸に代わって憤り、百鬼丸に代わって喜んだ。百鬼丸の昏い怒りや恨みに共感しながら、百鬼丸には表わせないほどあからさまに喜怒哀楽を表わして、百鬼丸の内に鬱々と凝っていたものを徐々に晴らしていったのだ。

また、どろろは百鬼丸に確かに笑うことさえ取り戻させた。

それは全身が鱗《うろこ》に覆われた修験者姿の蜥蜴《とかげ》の如き魔物と戦っていた時のことだった。

壮絶な戦いの末に百鬼丸が左腕の破邪の刃を叩き込み、そうして魔物が爆発霧散する寸前、どろろは自分も何か一矢報いてやりたくなったのだろう、またぞろ全身に返り血を浴びることを覚悟の上で、魔物が刹那の硬直を見せるその一瞬に、

「死ねや、クソ爺イーッ！」

と猛りながら突っ込んでゆき、魔物に得意の『股座《またぐら》蹴り上げ』を繰り出した。

その時、魔物は確かに顔色を変えて爆発した――恐らく、古今東西の奇《くし》びな語り物を全て集めてみたとて、『爺イ呼ばわりしながら魔物に金的蹴りを見舞った女の話』など、ただの一つも見つからぬことだろう。そのうえ、どろろはその後、返り血を全身に浴び、体のそここから幽《ゆう》、と血煙を棚引かせることとなった時、こう言いさえしたのだ。

「何だな……やっぱ、あんまりこういうこたァするもんじゃねえかな。今のをそこいらから樵《きこり》か何かが中途から見てたら、勘違えしちまうかも知んねえ」

「勘違え……？」

「や、『股座を蹴られたら爆発する魔物がいた』って思ってくれりゃあいいが、『股座を蹴って魔物を吹っ飛ばす妙な力を持った奴がいた』とか思われちまったらよ？」

百鬼丸はそこで——若い女が奇怪極まりない姿の魔物らの股座を次々蹴りまくっては、ちぎっては投げちぎっては投げという勢いで片っ端から爆発霧散させてゆくという奇特な様を思い描き、体の一部がまた生まれ出てくる激痛に見舞われだした中で、それでも笑ってしまったのだ。

「痛えっ！　痛えって！　痛《い》ッてえええええええええーッ！」

百鬼丸は笑いが止まらぬ中でそう叫び、むせながら胆嚢《たんのう》をぽろりと吐き出した。

それを見て、どろろ《どろろ》が笑った——昔、まだ村が焼かれる前のことを思い出したのだ。

その時、まだ三つ四つほどだったどろろは、隣の家の赤ん坊をくすぐって遊んでいた。そのキャッキャという笑い声と笑顔が可愛くてたまらず、延々とくすぐり続けていたのだが、どうやら度が過ぎてしまったらしく、赤ん坊はやがて笑いながら重湯を吐き戻してしまった。そうして泣き出しそうに顔を歪めはじめ、これはイカンと察したどろろは、さらにくすぐり倒して誤魔化した——という、その時のことを思い出し、

「おめえ、赤ん坊かよ！」

と、笑いながら胆嚢を吐いた百鬼丸を笑ったのだ。

どろろは力強かった。戦乱の世の悲惨に、そして百鬼丸の悲惨に、拮抗《きっこう》し得るだけの底力を馬鹿馬鹿しくも朗らかに持っていた。

そうしてまた、どろろは百鬼丸に季節感というものをも取り戻させた。

熱さ寒さを感じることのなかった百鬼丸は、季節感というものを感じずに生きていた。ただ、寒ければ体の動きが鈍り、魔物と戦う時に不都合が出ると冬には厚着していたし、また触点はあるために汗をかけば不快を感じ、夏には薄着にしてはいた——が、季節を味わう、ということがあったかといえば、少なくとも寿海《じゅかい》が死んで山を降りて以降には、全くなかったと言ってよかった。

どろろはそれを百鬼丸に与えたのだ。

「冬場は実りは少ねえが、ザザ虫が美味《うめ》えからな」

「そろそろフキノトウが出て来やがる頃あいだろ」

「春にゃゼンマイ、タラの芽、ウド、モミジガサ」

「梅雨の入りかね、風と土の匂いがそれ臭え——」

どろろは食べられるもの、薬効のあるものに関しては見事な知識を持っていた。尤も、それ以外のものについては、十把ひとからげに『草』『木』『花』で片付けてはいたが。

無論、そうしたことは寿海も教えてくれてはいた。季節によって、繁り、実るものは変わる。そこで何が食べられ、何が食べられないか——しかし、寿海はそれを『必要』として、剣術や狩りを教えるように百鬼丸に教えこんでいた。どろろのように、

「桑の実ーっ！　凄えいっぱい生《な》ってるぅ！」

と喜びをもって伝えてくれはしなかったのである。

百鬼丸はどろろと道行きをともにして、はじめて季節が巡るということを味わい得た。

春を迎えて人々が喜んでいる——その喜びの心を知覚することはあったが、百鬼丸は彼らが何を喜んでいるのか、それまでは今ひとつ解らなかったのだ。春になれば草木が芽吹き徐々にそれが伸びてゆくという事実は知っていたが、それがどうして嬉しいのか、花のように美しくある訳でもないそのことが、喜ばしい気分とどう結びついているのか、それを実感することがどうも出来なかったのである。

しかし、どろろと一緒に旅をして、百鬼丸は幾らかそれが解るようになった。

梅雨が過ぎれば夏が来る、夏が来れば何が食べごろになるのか？

百鬼丸はまだ味覚を得ていなかったため、食べ物自体には美味いも不味《まず》いもなかった。

しかし、それでもどろろから、

「夏はそりゃあ、何てったって瓜の類だな」

と聞かされれば、そうか、瓜か——と、それを楽しみに待つ気分を覚えられたのだ。

そして徐々に暑さが増してくる中、百鬼丸は鴉の骸《むくろ》のような外套を捨てた。

百鬼丸は身軽な、風通しの良い、健全なる若者としか映らぬ態《てい》となっていった。

そのようにして、百鬼丸はどろろと移りゆく季節の中を旅し、魔物を討って回った。

時に怒り、時に笑いながら、元の体を一つ一つ取り戻していったのだ。

まだ春を迎える前に狂い咲く姥桜《うばざくら》の魔物を倒して右耳を取り戻し——

春の長雨の中で巨大な山椒魚《さんしょううお》の魔物を倒して声生《な》す喉を取り戻し——

そして、きらめく初夏の木漏れ日の元で、笑い転げながら胆嚢を——

百鬼丸は声を取り戻した時、あらん限りの力を振り絞り、大粒の雨を叩きつけてくる大空に向かって叫んだ。

そうして、どろろにこう問いかけた。

「今の、俺の声……聞こえたか……？」

「当たりめえだろ、どろろっつってみろ、どろろ！」

「どろろーっ！」

「何でい、兄貴ーっ!?」

兄貴——と呼ばれ続け、百鬼丸はたびたびどろろが女であるということを忘れた。

何しろどろろは声を取り戻した百鬼丸に、声が出るようになったんなら、そりゃ歌の一つも歌わにゃなンねえ、そう言ったのだが、そこで一緒に歌えと強いてきたのは——、

タンベ父ちゃんと寝《ゆ》った時にゃ〜
へ〜ンなとっころにイモがある〜
父ちゃん、このイモ、何のイモ〜？

雨あがり、遥《はる》かな虹のかかった空の下、太鼓を叩きつつそんな歌を大声で歌って街道をのし歩かれては、百鬼丸の心には悪ガキとしか映らなかった。取り戻された片耳から聞きとれた声も、女のものというよりは声変わり前の子供の声に聞こえ、そんなこんなで日々そこいらをちょろちょろと駆け回りながら、

「兄貴ィ！」

と繰り返し言われ続けていれば、どろろが弟か何かであるように思われて来たとしても、百鬼丸には致し方のないことだった。

その頃、百鬼丸にとって、どろろは弟——時に小憎たらしく、時に可愛いとも思える、そうした無邪気な弟のようなものであることが多かった。

だが、どろろは女だった。間違いなく妙齢の女だった。百鬼丸が如何に錯覚しようと、どろろ自身がどう否定しようと、やはりどろろは女だった。

月のもの、があったからである。

ひと月に二日三日、どろろは百鬼丸の前から姿を消した。

春頃まで、百鬼丸はそれをただ気まぐれで行方をくらましているだけかと思っていた。

百鬼丸も、女には月のものがあるということを知らなかった訳ではない。さほど詳しくは知らなかったし、それに間近で接したような経験もなかったが、ただ話としては一応聞き及んではいた――が、その話とどろろが、なかなか結びつかなかったのだ。

百鬼丸はあたりが初夏めいてきた頃になって、ようやく、

（ありゃあ、もしや……？）

と、そのことに思い当たった。が、しかし、それをきっかけにどろろが女であることを意識するようになったといった風なことは全くなかった。むしろ、もしやと思った時、百鬼丸は吹き出しさえしたのだ。

（あれで女かよ……！）

百鬼丸は心にずっと刻まれ続けてきていた女とどろろを比べて、そのあまりの落差に笑った。その二人が女という同じ性の生き物であるとは、到底思われなかったからだ。

（……澪）

その名を思い出すと、百鬼丸はいつでも胸が軋みだすのを覚えた。

（……どろろ）

——面白えな。と、百鬼丸は思った。

(人ってのは、なかなか面白えもんだ)

そうして百鬼丸は、どうしてどろろは自分は男だと言い張っているのか、そのことに改めて疑問と興味を覚え、とある晩、数日ぶりにふらりと戻ってきたどろろに、その訳を問うてみた——すると、どろろは、

「うるせえっ！　俺ァ男だ！」

と、本気で怒鳴り返してきた。照れているといった類の気配ではなかった。どうやら、どろろは本当に女として扱われることに怒りや不快を覚える性質らしく、そうしてその瞬間に心を閉じたところを見ると、そこには何か触れられたくない訳があるようだった。

百鬼丸は、それからそのことには触れないようにした。

(どろろはどろろだ……それでいい)

人には触れられたくない、開けられたくない、密かな箱がある。

そこにさえ触れなければ、その二人の道行きは明るい気配を湛えた日々であった。

百鬼丸はその日々の中で魔物を倒し、元の体を取り戻すことに喜びを覚えていた。

体が戻ったこと自体がそれほど嬉しかった訳ではない。どろろとひとつひとつ目的を達成してゆく——その達成感が、その時の百鬼丸にとってはまず喜びであったのだ。

十一

しかし——その日々に湛えられていた明るいものが、不穏な雲に翳《かげ》らされる時が来た。

梅雨明け直後、それまで延々と巡ってきた旧金山領、その外れの山間《やまあい》にあった、往古には豊かな鉱山であった荒れた岩場で、三面六臂《さんめんろっぴ》の漆黒の魔物と戦った時のことだった。

敵は修羅鴉《しゅらがらす》と呼ばれる、幻術を用いる魔物であった。

修羅鴉は自由自在に空を舞い飛ぶうえ、身を十にも二十にも分裂させる幻を見せて、ありとあらゆる方向から襲いかかり、百鬼丸を苦しめた——が、しかし、どうにかその決着がついた時、修羅鴉は今際《いまわ》のきわにこう言ったのだ。

「貴様……もしや、あ奴の倅か……?」

百鬼丸はぎくり、と心身を強張らせた。

「ならば……恨むなら、己の父を恨め……!」

直後、修羅鴉は爆発霧散し、百鬼丸は茫然と固まった。

(俺の父……? 父を……恨めだと?)

あたりの岩肌に飛び散った血が、幽、と棚引き失せてゆく……その只中で、百鬼丸は自らの心のうちにざわざわと不穏なものが蠢きだしてきたのを感じた。

（どういうことだ……）

追って、激しい痛みが右腕にこみ上げてきた。

そして、そこに取り付けられてあった小刀が外れ、鋭い音を立てて岩の上に転がった。

やがて、焼火箸を押し当てられたような痛みを伴い、めきめきと右腕が生えてきたが、

百鬼丸はその痛みの中にあっても、頭と心は別のところにあるように繰り返していた。

（どういうことだ……!?　俺の父を、恨め……とは……!?）

そこにどろろが駆けつけてきた——尋常ならぬ修羅鴉と百鬼丸の戦いに振り切られ、

必死に岩肌をよじ登り、ようやくに追いつくことが出来たのだ。

どろろは百鬼丸と、右腕から外れた小刀を見て言った。

「右腕が……!?　馬っ鹿野郎、何で左腕じゃねえんだよ！　俺が頂こうっつってんのは、

左の方だっつってんだろ!?　ったく、まだそんなに俺と一緒にいてえってかよ!?」

どろろは笑ってそう言ったが、百鬼丸はいつものように軽口を返してくれなかった。

蒼褪めた、眉間に深い皺を寄せた面持ちで、どろろの方を見ようとさえしなかった。

「何でえ……怒ったのか？　冗談じゃねえかよ……！」

だが、百鬼丸はその言葉も耳に入らぬよう、心の中で尚——、

（どういうことだ……！　俺の、父……!?）

＊

その頃。

奥深い山中の洞穴の中で、大きな繭が裂けた。

そして、その裂け目から魔物めいた奇怪な女の腕がずるりと這い出してきた。

次いで、顔が——それは慈照尼の姿からマイマイオンバの姿へ変わる、その中ほどの象《かたち》に酷似していた。

「母様《かか》……！」

さらに、追って顕わとなった背には——大きな瘤があった。

瘤のある——半人半魔の仔。

それがまだ生きていたことには、百鬼丸もどろろも鯖目もまるで気付いていなかった。

あの朧月夜の冬の晩、半人半魔の仔は鯖目の屋敷の屋根から、走り去ってゆく百鬼丸やどろろ、そして父親の後ろ姿を見送っていた。

瘤のある仔は独り竈《かまど》に向かって以来、それまで穏やかであり続けてきた我が家に突如訪れた異変に怯え、その時々に物陰に隠れては様子を伺っていた。そして、否応もなく繰り広げられた無惨な顚末に怖れ強張り、その怖れを全て憎しみに置き換えてゆくよう胸を震わせながら、百鬼丸らを屋根の上から見送っていたのである。

(母様が——姉妹《あねいもうと》達が殺《あや》められた)

(父様《とと》が——私達みなを裏切った)

(許さぬ。許さぬ。許さぬ……!)

半人半魔の仔は怖れと怒り、哀しみと憎しみに震えながら屋敷裏の斜面に飛び降りた。

彼女にとっては暴徒以外の何ものでもなかった村人らの目を掻い潜《くぐ》り、あの二人の旅のものらをいつか復讐の炎で焼き殺してやろうと深く誓いつつ、独り冬枯れた山中に分け入った。そうしてまだ幼い身には堪える寒さを必死に耐え抜きながら、繭を作れる洞穴を探したのである。

(母様の恨みを、母様の恨みを……!)

一心に思いつめ、心を黒く燃え上がらせながら、半人半魔の仔は闇の中で繭を紡いだ。

どろろや百鬼丸が連れ立ち、時に笑いあっていた頃に、仔は自らが紡いだ閨《ねや》の中で、その姿を次第に大きく変えていった。

(母様の恨みを、母様の恨みを……!)

父親から瘤のある背を受け継いでいた仔は、背以外は母の姿を受け継いだ。その姿で、かの仔は憎悪を漲らせながら繭の中からずるりと這い出てきたのだ。

「母様……!」

繭から脱出した半人半魔の仔は、身を人の姿に変えた。
しかし、父親から受け継いだものはそのままに残った。
つまり、半人半魔の仔は『瘤のある慈照尼』の姿となった。
——さて、服を手に入れねば。
『瘤のある慈照尼』は一糸まとわぬ姿で洞穴を出、里を探して歩き出した。
（誰でも良い。出会った女を殺めて服を）
（しかし、血で汚さぬようにしなければ）
（それから、母様の仲間を訪ねて回ろう）
——母様と姉妹達の恨みを果たすため。
この時、戦乱の世のすさまじき応酬は人の世のみに留まることをやめた。
半人半魔の仔を通して、人の世と魔の世が真っ向から交わりだすこととなったのだ。
〝凄まじき朝〟が近づいていた——。

＊

（俺の、父……とは……誰だ？）
〝凄まじき朝〟が近づいていたのだ——。

十二

日が幾度か昇り沈んだ果ての晩、百鬼丸とどろろは異様な風の吹く丘にたどり着いた。

かつての金山と室戸の国境《くにざかい》――二度に亘《わた》る大戦《おおいくさ》があったという荒地にやって来たのだ。

往時、そこには尾根沿いに、どこまでも続くかと見えるほどに延々と、三間ばかりの高さの板塀が並び立っていた。

が、その戦に決着がついて十数年、今はその大半が失われ、大きな戸板めいた残骸がたった一枚、戦で死んだ名も無きものらの墓標のように、聳《そび》え立つばかりとなっていた。

百鬼丸達には、かってそこに、

（……もう、こんなものは人の世ではない）

死んで尚、そう呟いた男があったことなど知る由もなかった。

ただ、そこで数え切れぬほどのもの達がそれぞれに様々な無念を抱えて死んでいった、そうしたことを想わせる悲壮な気配は尚、広く朧に漂っていた。

もの哀しい風が、それを伝えていた。

板の割れ目に風が吹き入り、ぼう、と虚《うつ》ろに啼いていた。

近隣のものらは、そのただ一枚残った国境の壁を――『ばんもん』と呼んでいた。

百鬼丸は先《せん》だって取り戻したばかりの右手でばんもんに触れ、むしろ異様なほど様々な質感が微細に感じ取れる指先の方を確かめるように、そのささくれ立った表を撫《な》でた。

と、微かな棘《とげ》が百鬼丸の薬指に刺さった。

（痛《つ》ッ）

確かめると、それはどこに刺さっているのかがすぐには解らないほどに小さな棘で、こんな塵芥《ちりあくた》のような些細なものが、かほどまで痛みを覚えさせるということに、百鬼丸は改めて驚きを覚えさせられた。

どろろはばんもんの傍ら、丁度、国境の線の上に立ちながら言った。

「こっちが金山領で、こっちが室戸——ってえか、醍醐領だな」

百鬼丸らは修羅鴉を最後に、旧金山領に巣食う魔物らを全て殲滅し終えた。かつての百鬼丸の住まい——寿海の住居があった山は、やはり旧金山領と室戸領の境近くにあり、そこを降りた百鬼丸はぐるりと旧金山領を一巡りし、元の国境近くへと戻って来たのだ。

つまり寿海の住居は、その国境の丘からさほど遠からぬ山間にあった、ということだ。

どろろはそれを聞き、百鬼丸が育った場所を見てみたいと思ったが、それを乞うことは控えておいた。自分の身に置きかえて考えてみれば、自分がその気になっていない時に想い出の溢れているところに帰れば、胸が痛むことになるだろうと思われたからだ。

かつての面影が色濃く残っていれば残っていたで、すでに影も形もなくなっていれば
なくなっていたで、いずれにせよ心が締め付けられてしまうに違いない――。
「金山と、醍醐か……」
百鬼丸はもはや失われたかつての国境をまたぎ、旧室戸側に踏み入って、ばんもんに
もたれて腰を下ろした。
すると、どろろが問うた。
「何でぇ。兄貴、醍醐贔屓《びいき》か？」
「いや、別にどうとも思っちゃいないが――ただ、この世で一番殺してやりてえ奴らは
誰だと問われりゃ、俺は『金山の連中』と答える」
「金山を？　そんな恨みを持ってやがったのか？」
百鬼丸は、また心のうちでその名を呟いた。
（――澪）
百鬼丸は右腕から外れた小刀を取り出し、それを新たに削り出した柄《つか》に嵌《は》め込みはじ
めながら言った。
「山を降りて……間もなくの頃、俺はどうして食っていいのかも解らず、早々に
行き倒れちまってな――」

不幸なことに、その年は天候が不順で、下界《ふもと》の村々はみなどこも窮していた。

作物が取れず、山野も豊かさを欠いていたとあっては、人が口に出来るものは人家に近いところから順に獲りつくされてゆく他はない――つまり山を降りた百鬼丸を待っていたのは、人が住むところへ近づけば近づくほど飢えをつのらせてゆかねばならない、という状況だった。

*

我が子さえ食べさせてやれず子捨てが横行していた中で、ふらりと現われた若造に、ましてどこかしら不審なものを湛えた風来坊に、誰が食べ物をさし出してやれたろう。

村々の里人らには、その時の百鬼丸は全くの赤の他人というだけでなく、明らかな不審を覚えさせる得体の知れぬものに映った。

上等の絹の服を着、どこか世と交わることを知らぬ風で、生きることにいかにも拙《つたな》い様子の若造――それはまるで戦乱の世となる前の、太平が広く凪《な》ぎわたっていた世から迷い込んで来たかのような、奇妙な人の姿をしたものに見えた。今日は無事でも、明日には何が押し寄せてくるか知れたものではない、そう怯え続けていた折に、そんな得体の知れぬものにふらりとやって来られては、心を開いて迎え入れてやれという方が無茶というものであった。

そのくせ百鬼丸は——絹の服、或いは、何か金目のものでも——そう目を付けられて襲われてしまった時、己の身を守る術《すべ》にだけは並外れたものを見せつけた。その百鬼丸の鋭い防御は、襲ったものの目には『本性を表わした』かのように見えた。隠していた爪や牙を剝いた、そのように映った。挙句、つい、腕の仕込み刀を抜いてしまうようなことでもあろうものなら、もはや怪物の類としか見られなかった。

人の姿をした得体の知れないもの——里人にとって、百鬼丸はそうしたものだった。

寿海以外に人というものを知らず、街に憧れてもいた百鬼丸は、そうした里人の視線や言動に酷く戸惑った。

口に出来るものもなかなか見つからず、生き抜いてゆくために、と、寿海が前もって教えてくれていたことも様々にあったが、その通りに動くことも出来なかった。

寿海が百鬼丸に与えた様々な過酷さには、凶暴さや浅ましさというものが欠けていた。

一見、輝いて見えようとも、その時の百鬼丸が放っていたものは底光りの類ではなく、箔の貼られた表の輝きだった。そうしたものがいきなり戦乱の世に放り込まれて、そこここをぶつけて回っては、箔はぼろぼろと剝《は》がれてゆくしかなかった——百鬼丸は酷く戸惑いながら、人里から離れた。とにかく食べるものを。そう思い、手近の山中に分け入って、そこで行き倒れてしまったのだ。

——ごめんな。

地に臥し、己が薄らいでゆく中で百鬼丸が呟いたのは、寿海への詫びの言葉だった。

何故、俺は魔物に体を獲られたのか？　そうした自身についての問いなどは、激しい戸惑いと空腹から早々に萎《しな》びてしまっていた。百鬼丸がそれよりも気にしたのは、自分は寿海の期待に応えられなかったのではないか、という想いであった。

お父ちゃんがあんなに色々教えてくれたのに、俺は何も出来ずにもうこんなところで倒れてしまった。四十八匹の魔物。それをただ一匹もやっつけないうちに、やっつけるどころか出会いさえしないうちに、もう——ごめんな。

百鬼丸はそう思いながら、気を失った。

しかし、次に意識を取り戻した時、その体はすでに力を取り戻そうとしていた。

（お父ちゃん……？）

百鬼丸は手探りであたりを確かめた。

莚《むしろ》……誰がここに寝かせてくれた？

煤《すす》の気配……何が焼けた？　ここは元の焼けた家か？

お父ちゃんが俺を見かねて生き返って、運び戻してくれたのか？

違う。外から気配——賑やかな、きらきらとした。小鳥達が歌いあっているのか？

違う。多分、人だ——けど、あんなにきらきらとした気配を人が放つものだろうか？

百鬼丸は立ち上がり、扉を探した。或いは、もう死んであの世とやらに来てしまったのか、とも思ったが、その体の重さがどうやらそうではないらしいことを告げていた。

百鬼丸はやがて扉を見つけ、そっと外を伺った。扉の隙間から金色の光が雪崩れ込み、百鬼丸をほんのりと暖かに包んだ。

その時、扉の隙間から顔を出している自分自身の姿が、百鬼丸の脳裏に兆して来た。

（誰かが、俺を見てる……？）

そう察した百鬼丸はあたりを伺い、ほど近くに一つの気配を見つけだした。

子供だった。

三歳ほどの子供が、その小屋の横手から百鬼丸を見やっていた。

百鬼丸はそれが幼い子供であることを見て取るゆとりもなく、慌てて言った。

「よう、あんた——お願いだ、周りを見てくれねえか？　俺の目の代わりに、ぐるっと周りを一通り……！」

子は百鬼丸の言うとおりにしてくれ——百鬼丸はようやく、後々まで忘れ難く脳裏に刻み込まれることになった光景を見たのだ。

夕暮れの陽《ひ》を彼方に掲げて、なだらかな草原《くさはら》が広がっていた。

さらさらと一面の草が浪と揺れ、その只中を十人ばかりの子らが駆け回っていた。

巣立ったばかりの燕《つばめ》の子らが、さえずりながら群れ飛び交うように。

澄んだ音を奏でる欠片を幾つも吊り下げた風鐘が、穏やかに揺らされて心地良い音を散らすように。

そのように、十人ばかりの子らが無邪気に笑いながら駆け回っていた。

(こりゃあ、やっぱりあの世に……来ちまったのか?)

百鬼丸はそう思った。

その光景があまりに輝かしく、漂う気配があまりに喜びに満ちていたために。

そして笑う子らの——体の方々が欠けていたために。

笑う子らの多くは体のどこかを欠いていた。片手がないもの、片足がないもの、片目がないもの、肌が爛《ただ》れているもの、その様子はさまざまであったが、健常に身の全てを備えているものは見当たらなかった。恐らく、そうなった原因もさまざまであったろう。戦に焼け出されて独り生き残ってしまったもの、身を欠損したがゆえに育っても労働力とならないと見られてしまったもの、逆に捨てられてから何事かに見舞われて欠損してしまったもの——。

そうした悲惨な子らが朗らかに群れ戯れていたため、ここはあの世か？　と百鬼丸は思ったのだ。死んだ子らが天国だとか極楽だとかいうところで、苦しみから解き放たれ、金色の光の中で戯れているのだろうかと。

しかし、百鬼丸は間もなく、その朗らかな中に一つ大きな人影があるのに気付いた。百鬼丸と同じ年頃か、或いは少しだけ年長と思われるほどの若い女が、子らと一緒に笑っていた……。

「よう――あの人を、もっとよく見てくれねえか？」

「澪姉ちゃんを？」

近くにいた子はそう言い、女を見つめた。

刹那、百鬼丸は息が止まりそうになった。

（何だ、ありゃ。人か？　嘘だろ？　人があんなに綺麗だなんてことがあるのか……!?）

その美しさには、見つめていた子の澪への想いも含まれていたことだろう。そのため、余計に澪が美しく映った――しかし、それは結局、やはり澪の持つ美しさだったのだ。その子にそのように美しく想わせるものが、日々の澪にはあったということなのだから。

（……違う。あれは人なんかじゃねえ。やっぱりここはあの世なんだ。あの人は天女だ。だって、ありゃあ……あんまり綺麗すぎる……！）

百鬼丸は魂を戦慄《わなな》かせ、運命を司る神に力ずくで犯されたように恋に落ちた。

（――澪）

肉の目が見えていれば、百鬼丸は澪の目から己の目をそらし続けていたことだろう。とてもではないが、近づいてきた澪を真っ直ぐに見つめることなど出来なかったはずだ。澪に何か言葉をかけられれば、百鬼丸はびくりと心身を強張らせ、体を気遣うよう澪に触れられれば、心身が木っ端微塵に弾け飛びそうに眩んだ。

（――こりゃあ何だ。俺は一体どうしちまった。病気になったのか？　怖い。俺はあの女が怖い。あの女が来ると、どうすりゃいいんだか、自分がどうなっちまったんだか、まるで解らなくなる。あの指先が、息遣いが、気配が怖い。恐ろしくはない。指も息も気配も酷く柔らかい。けど、怖い。だが、この心の震えは本当に怖いってだけなのか？）

寿海は百鬼丸に、恋というものを教えなかった。それを教え、百鬼丸が憧れを抱いてしまうのを怖れたからだ。それに憧れながら、そこには生きられないという悲劇に陥る可能性が少なからずあったのを、痛ましく思いやったのである。

百鬼丸はその心の激しい揺れが何であるのか全く解らず、酷く戸惑った――。

そうして百鬼丸は、日が沈んで狭い炭焼き小屋の中に子らが犇《ひしめ》き合うようになった、その一隅から澪を伺い続けた。

（怖い。俺はあの女が。けど――だったら、あの女が俺から離れていったら、もう一度俺に振り返ってくれなんてどうして思っちまうんだ？　幼いガキに呼ばれてほんの少し向こうにいっちまっただけで、また早く俺の近くに来てくれなんて、どうしてこんなに息苦しいほど思っちまうんだ？　解らねえ。まるで自分が解らねえ……！）

澪は慈照尼のように、仏の道を歩んでいた女ではなかった。あの尼のように気高く、気品に満ち、濁世《じょくせ》に身を置きながら魂はかの世にあった、という風な女ではなかった。慈照尼であればたとえ宮廷の中に連れていっても、その澄んだたたずまいを崩さずに、気取った貴族らをも賛嘆させたことだろう。しかし、澪にはそれは無理だったはずだ。決して愚昧《ぐまい》だった訳ではないが、澪は幾らか頭が弱かった――言葉を短く切って喋《しゃべ》り、その笑い声には微かに粗野なものが雑《ま》じった。

しかし、澪は美しく、底抜けに優しかった。慈照尼が天から降り注ぐ慈雨の如き女であったなら、澪は無骨な岩の合間から滔々《とうとう》と湧き出る澄んだ清水のような女であった。

澪は悲惨な子らを見捨てておけず、後先考えずに拾っては、かつて炭焼き小屋だった家に連れて帰った。行き倒れた百鬼丸もそのようにして澪に見出され、神輿《みこし》のように子らに担ぎ運ばれ、そうして乏しい食料の中から草粥を作って呑まされ、その身に幾らかの力を取り戻したのだ。

そして、夜がさらに更けた頃、澪は子らを炭焼き小屋におき、一人で夜闇の中を出かけて行った。

百鬼丸は子らに問うた。

「あの姉ちゃんは……こんな夜更けに何処《どこ》へ行った？」

「お母ちゃんは、お仕事に行ったんだよ」

「お母ちゃんじゃねえよ、澪姉ちゃんだろ！」

「違うもん、お母ちゃんだもん！」

「毎晩お仕事に出かけるんだよ。でも大丈夫、朝には必ず帰って来るよ」

「だから、お兄ちゃんもいい子でお留守番するんだぜ」

お仕事、というのが一体何であるのか、その時の百鬼丸には解らなかった。

百鬼丸は眠らずに——眠れずに、澪の帰りを待った。

そうして明け方近くに帰ってきた澪は、別人のように昏く病んだ面持ちをしていた。

澪は一番幼い子の傍らに寝そべり、子を優しく抱き包んで眠りについた。

百鬼丸はそのささくれ立った気配に驚き、寝たふりをしながら澪を伺った。そして、心を覗き込んでみようとしたが、澪はそこを鈍く塞いでいた。それを誰にも知られたくないと固く閉じているのではなく、自らが思い出さぬために、鈍く、重く塞いでいた。

が、しかし、その塞いだ隙間から、ぽろり、ぽろり、と折に零《こぼ》れてくるものがあった。

我知らず涙が零れてしまうように、ぽろり、と澪が忌まわしく思う事柄が零れていた。

——男達。

——獣《けだもの》のような。

——荒々しい息の。

——それも幾人かの。

澪は叫び出しそうになるのを、吐き出しそうになるのを堪えていた。

男達はその澪を見て笑い、激しく昂《たか》ぶっていた。

(お仕事？　これが……？)

百鬼丸は何も理解出来ず、しかし胸の奥が狂おしくざわざわと騒ぎ出すのを覚えた。

それがどんな仕事であるのかは解らなかったが、しかし澪の心のうちは感じ取れた。

澪は嫌がっている。そんなことはしたくないと思っている。けど、仕方がないと我慢している。我慢しないと、自分も子供らも死んでしまう——と。

百鬼丸は、澪の苦しげな気配と男達の昂ぶりとを思い返すと、心の底からぐらぐらと熱く不快なものが沸き立ってくるのを覚えた。だが、その息苦しい心の沸騰が何であるのか、やはり全く解らず、また酷く戸惑った。

澪はその翌晩も、さらにまた翌晩も、『仕事』に出かけた。

そして、その度《たび》に、やはり同じような昏く病んだ気配で帰ってきた。

嫌ならよせばいいじゃねえか——百鬼丸はそう思ったが、いざ澪を前にすると、そう口にすることが出来なかった。そこにある美しく朗らかな気配が、自分の言葉によって崩れてしまうことが恐ろしかった。

そうして百鬼丸は、あのガキどもは『澪姉ちゃん』や『お母ちゃん』がどんな仕事をしているのか知っているのだろうか、そう思い、子らのうちを探ってみた。が、子らはどうやら何ひとつ知らないでいるようだった。百鬼丸はその時、ガキというのは何かを知らないで生きていることを言うのだ、と思い知った。

なら……俺は、ガキなんだろう。まだガキ以外の何ものでもないんだろう。


(——澪)


俺は澪に一体何をしてやれる?

ある小雨混じりの晩、百鬼丸はついにその胸苦しさに耐えかねて、子らが寝静まるのを見届けて表に出た。澪が帰ってくるのを、そぼ濡れながら夜明けまで独り待ったのだ。

やがて、澪がまたいつものように昏く病んだ気配を湛えて帰って来た。

澪は百鬼丸に気付くや、その昏さを背後に隠して笑みを灯して見せた。

しかし、その時は百鬼丸の方が、わずか前までの澪のように昏い気配を湛えていた。

「……どうしたの？」

そう問うて来た澪に、百鬼丸は応えた。

「仕事……大変らしいな」

澪はぎくりと怯んだ。そうして一度は誤魔化そうとしたが、しかし百鬼丸をまじまじと見つめて――、

（……ああ、この人は、何でだか解らないけど、全部、知ってしまっている）

そう見て取った。智恵も教養もない女だったが、優れて敏感な目と心は持っていた。

すると澪は、そこで何か自分が悪いことでもしでかしたかのような、申し訳なさそうな色を浮かべて言った。

「私は……元から、汚れているの。汚れているから、また汚れても……何でもないの」

その時、澪の心の蓋が開いた。

刹那、百鬼丸のうちに、澪の仕事の全てがあからさまに容赦なく映りこんで来た。

（澪……!?）

それが子作りの行為であるということは、百鬼丸は知っていた。季節になると栗鼠《りす》や鹿が熱く滾《たぎ》りだし、身を一つに組み合わせるようになるとは、ごく自然に弁《わきま》えていた。

だが、それが『仕事』であるとは、一体どういうことか。

男達が澪にしていたことは、色々なところで栗鼠や鹿とは違っていた。

栗鼠や鹿達は交わりを持つ前に、一頭の雌を巡って雄達が争っていた。

――だが、男達は争っていなかった。むしろ、仲良く笑いあっていた。

そして栗鼠や鹿達は交わりをもっている間、どこか激しく輝いていた。

――だが、男達は濁っていた。ただその命を、激しく荒ぶらせていた。

百鬼丸には全く解らなかった。

(意味が解らねえ……どうして澪はこんな男達と子を作ろうとしてるんだ。この男達があの子らのお父ちゃんなのか？　それとも、誰か父親になってくれる人を探そうとして、澪はこんな奴らと？　輝きもせず、酷く嫌がりながら、必死に我慢しながら……？)

――違う。

(これは子作りじゃねえ。命が殖えてく感じが、ここには全くねえ。むしろ、澪は……食われてる。鹿か狼に食われるよう、引き裂かれ、嚙みしだかれ、飲み込まれるように、澪はこの男達にどこかを食われている。体ではないどこかを。それが痛い。痛いから、澪は耐えてるんだ。必死に我慢しているんだ。じゃあ、けれど、それが仕事であるとは一体どういうことだ？　解らねえ。さっぱり解らねえ……！)

百鬼丸がそう混乱していると、澪は口を真一文字に結び、自らに言い聞かせるように小さくうなずき——もう一度、繰り返した。

「私は……ちっとも、何でもないの」

そうして微かに笑んで見せた目には、うっすらと涙が浮かんでいた。

「汚れても」

百鬼丸には、澪の心のうちに見たもの以上に、その澪の言葉が理解できなかった。

（……何だそりゃ。言ってることがまるっきり解らねえ。澪はそんなに綺麗じゃねえか。汚れてるなんて一体どこがだ？　澪は汚れてなんかねえ。俺が今までに見たもんのうち、間違えなく一等綺麗なもんだ……！）

夜が明け、百鬼丸は小屋の近くの清水に行き、頭を冷やした。

混乱はまるで収まらなかった。

（——澪。

澪は綺麗だ。

信じられねえほど、この世のものじゃあねえみてえに思えちまうほど綺麗だ。

触れるのが怖えほど、綺麗すぎてこっちの気が狂っちまいそうなほど綺麗だ）

百鬼丸は澪の笑みを想うと、胸に閃きが走って締めつけられるように感じ、そして澪が男達に食われている様を思うと、嫌な音を立てて胸が張り裂けそうに感じた。

(——澪。

お前は綺麗だ、汚れてなんかねえ。とんでもなく綺麗だ。

なのに、汚れてるだなんて、そんな馬鹿げたことは言うな。

そんな馬鹿なことを言わせるような仕事なら、そんなものはやめちまえ……!)

——かつて、寿海は言った。

「いいか。野蛮というのは、美しいものを壊すことを言うんだ」

美しい笑顔を絶えさせる戦も、美しい野山をいたずらに切り拓くことも、そこにある美しさを損なうから野蛮なのだ。たとえ悪気がなかろうと、時にはよかれとさえ思っていようとも、美しいものを壊すのは、みな野蛮な所業なのだ。

無論、野山を切り拓かねば生きてゆけぬこともあろう。どうあっても避けられぬ争いというのも、まれにはあろう。しかし、そうであるなら、元にあった以上の美しさを、新たにそこに添えようと努めるべきなのだ。それを怠ることを野蛮というのだ。

寿海はそう言った。

なら、その『仕事』は野蛮だ——と、百鬼丸は思った。

（あの綺麗な澪の心を昏く濁らせるものが野蛮でなくて何だ。澪、そんな仕事はやめちまえ。今まではそうしなきゃ食っていけなかったのかも知れねえが、今は俺がいるんだ。俺は狩りだって得意だ。鹿でも猪でも、お前が望むものは何だって獲って来てやる。熊がいいってなら、熊だって獲って来てやる。だから澪、もうよせ。お前は綺麗だ。もう二度と汚れてるなんて言うな。耐えられねえ。そう言わねえなら、別に何を仕事にしてても構わねえ。だが、俺は澪が汚れてるなんてことを言われるのだけは、我慢ならねえ。そう言うのが他ならぬ澪であっても——澪を貶《おとし》める言葉だけは、絶対に我慢が出来ねえ）

あたりには、春が広がっていた。

新緑が木漏れ日を紡ぎ、木漏れ日が清水をきらめかせ、そして羽化したばかりの蝶が風に乗り、ゆるやかな羽ばたきさえ休めて、ふわりと弧を描いて百鬼丸の傍らを滑っていった。光も、音も、命も——そこにある全てが美しく穏やかにあった。

そうした中で、百鬼丸は周囲の一切から切り離されたように独り思いつめていた。

無上に美しいと思えるものを、汚れているとは言わせないために。

（——澪。俺が出来ることは何だってする。お前のためなら、お前が綺麗に輝き続けていてくれるなら、俺はどんなことだってする。教えてくれ。俺は一体何をすればいい？お前も解らねえなら、しばらく考える時間をくれ。その間、その仕事を休んでくれ）

百鬼丸はそう思い、狐よりも素早く仔兎を狩った。

(すまねえな——本当にすまねえ。けど、許してくれ。俺は澪達を食わせてやらなきゃ)

百鬼丸は狩った血の滴る兎を抱いて、炭焼き小屋に戻っていった。

(澪を——俺よりも大事な、澪を)

しかし、炭焼き小屋の間近に到っても、あの燕の子らが群れているようなきらきらとした賑《にぎ》やかな気配は全く感じられなかった。

森を抜け草原に出ると、その代わりに漂ってきたのは鈍く、息苦しく、禍々《まがまが》しい気配だった。そこには澪の気配も、子らの気配もなく——しかし、別の何ごとかがあった。

あの子らと同じほどの数の、十ばかりの気配。険しく、殺気立ち、どこか狩りの時に追いつめられた獣達が発するものにも似た気配が。

子らが豹変したのか？　いや、違う。

男達——あの澪を食べていた奴らか？　それも違う。違う男達だ。女達もいるらしい。

何だ。こいつらは一体何だ。澪達はどこに行った——澪——澪——澪。

百鬼丸は何事が起こったのか全く解らぬままに、茫然と草原に踏み入った。

刹那、百鬼丸は自らに殺気が向けられたのを感じた。

(——何故？)

数名の男達が走って来るのを、ありありと感じた。

(——狩られる?)

駆けつけて来た男達は四名。いや、わずかに遅れてもう一名。都合五名。

(——何故、俺が狩られる?)

そのそれぞれが次々と白刃を抜いた気配が閃いた。

(——澪は?)

険しい気合いとともに白刃が迫り、百鬼丸は兎を捨てて左腕を抜き、その一太刀目を受け止めた。

と同時に、周囲に怯えたような気配がざわりと滲み、男達は揃って一歩身を退いた。

白刃の男達は百鬼丸が右手につかんだ左腕が体から離れて尚、びくびくと暴れているのを見て、呻くように言った。

「こ奴……化け物……!?」

その殺気は失せるどころかさらに強められ、百鬼丸を正しく四方から取り囲んだ。

「あの女や子らも、化け物だということはなかろうな……!?」

その言葉や姿が百鬼丸に届きはじめた——男達の間で互いに見聞きし合っているものが、朧に伝わりだしたのだ。

(何だ、こいつら……!? 盗賊か……!?)

男達は狩人のようないでたちをしていた。しかし、いずれの手にも恐ろしく念入りに手入れがほどこされた白刃が握られていた。

そして、その刀身は全て――赤い血脂に照っていた。

百鬼丸は胸と頭に湧いた嫌な懼《おそ》れを、必死に抑えようとした。

「澪達は……何処だ……!?」

と、わずかに遅れて駆けつけて来た五人目の男が口を開いた。

「小僧。人やら化け物やら知らぬが……悪く思うな」

その時――その五人目の男が自らの記憶を蘇らせたのだろう。子らが、そして澪が、次々と男達に斬り伏せられてゆく無惨な様が、百鬼丸の内に兆してきた。

(斬られた? 澪が? あのガキどもが……死んだ?)

「我らも好んで斬った訳ではない。だが、この姿を見られて捨て置く訳にはゆかんのだ。このような山中で暮らしておったことを、己の不運と諦めてくれ。我らは滅びる訳にはゆかん――あの鬼畜、醍醐のものどもを討ち滅ぼすまでは……!」

百鬼丸の脳裏が、しん、と白んだ。

(誰だ――こいつらは誰だ?)

百鬼丸は男達の見ているものを探った。すると口を開いていた五人目の男――百鬼丸より五つばかり年長かと思える若い男が突きつけて来ていた白刃に、赤い蜈蚣《むかで》が這っているのが見えた。

刀身全体に蜈蚣の柄の線刻がほどこされてあり、その彫り込みに血脂が流れ込んで、その姿を赤く浮かび上がらせていたのだ。

(蜈蚣……と、北斗七星)

それは寿海から聞いた覚えがあった。

「金山……!?」

その残党どもが生き残っている――かの国境での大戦を生き延び、落ち武者となって山中をさ迷っている世継ぎらがいる、そうした噂があるらしい、寿海はそう言っていた。

「小僧……無論、貴様には何の恨みもない。我らが恨むは、ただ醍醐のもののみ」

百鬼丸を取り囲む四人に『若様』と呼ばれていたその片目の男は、後に百鬼丸が世の噂から見当をつけたところでは、世が世なら金山家の世継ぎ――武重《たけしげ》、のようであった。

「恨むな」

金山武重は――寿海には訓練のさせようがなかった見事な太刀捌《さば》きで、一閃《いっせん》のうちに百鬼丸の左脇腹から右肩へと大きく斬り上げた!

死んだ。

——と、武重らも、百鬼丸自身も思った。

しかし、見事に斬り裂かれた絹の服の下で、百鬼丸の体は件《くだん》の白い泡を溢れ出させて、見る見るうちにその大きな傷を塞いでいった。

「こ奴……!?」

息を呑んだ武重に、最初の一太刀を振るった家臣、名を園部というらしい男が言った。

「若様、お退き下さい！　ここはそれがしらに！　茜《あかね》様らを！」

武重は女達の方に振り返った。小屋の近くに警戒して小刀を抜いている数名の女官に囲まれ、還暦をとうに過ぎた老女が、その無惨な有様を見せぬようにと、十にも満たぬ少女の目を覆って立っていた。

百鬼丸は茫然と、自らの腹と胸が塞がったのを触れて確かめ、

「お前ら……!?」

と震える声で言ったが、その後の言葉が続かなかった。痛みは覚えなかったが、自らの身に刃を受けた感触を覚え、はじめて澪が斬り殺されたことを確かに悟り、頭の中が真っ白になったのだ。

(——澪。澪。澪。澪。澪。澪。澪。澪。澪。澪。澪。澪。澪。澪。澪。澪)

百鬼丸の貌に、異様なものが漲った。

それを察して武重は園部の言葉に従うこととし、老女、茜らの方へと駆け出した。

「待て……！　澪の、亡骸《なきがら》は……!?」

その百鬼丸の言葉は、園部らの気合いに断ち切られた。園部らが一斉に刃を閃かせ、百鬼丸を斬り伏せにかかった。

「首を叩き斬れ！　さすれば、よしや死なずとも、何事も告げることは出来まい！」

百鬼丸は右腕も抜き放ち、二本の刀で必死に園部ら四人の刀を封じにかかった。

百鬼丸は見事な技を見せた。が、相手は筋金入りの兵《つわもの》、戦に破れて追われ続けて尚、数年に亘り生き延びてきた猛者の中の猛者であった。百鬼丸は首こそ討ち取られることはなかったが、身のそこここに次々と太刀を受けていった。けれども、わずかな痛みを覚えることもなく、どの傷も斬られた後から後から塞がってゆき――、

「化け物が……！」

百鬼丸は必死に応戦しながら、我を忘れたように叫んだ。

「澪！　澪！　澪は何処だ!?　澪！　何故だ!?　何故、あんなに綺麗なものを斬った!?」

やがて、百鬼丸は左脚を、続いて右腕を断ち切られて倒れ臥し、身から切り離されたそれらを蹴りやられて、立ち上がることさえ出来なくなった。

金山の家臣らはさらに百鬼丸の首を狙ったが、百鬼丸は地に転がって尚、その刃らと戦い、貌を憎悪に滾らせ、涙を流しながら叫んだ。

「澪！　澪！　澪ーッ！」

その様に園部らが呑まれ、震えて言った。

「もう良い、キリがない！　退け！」

園部と三人の家臣は、すでに駆け出していた武重や茜らを追って去っていった。

百鬼丸は片手片足で必死に草原を這い、園部らを追おうとした。

「待て！　待てーッ！」

そうして金山一行の気配が遠のき、やがて全く伺われなくなっても、それでも必死に追い続けようとし、そこでまた草をつかもうとした腕が——まだ温かく柔らかなものを捉えた。

「……澪？」

柔らかなものは、何も応えなかった。

「澪。澪。澪……！」

百鬼丸は澪の腕を、胸を、頬を、髪を確かめた。

そうしてその初恋の女の名を叫び、しばし気を失った。

百鬼丸が灼熱と氷のような冷たさを帯びはじめたのは、そこからまた意識を取り戻し、再び立ち上がった時からだった。

箔は無惨に剝がれ落ちていた。

百鬼丸は自ら決意するよりも早く、再び剣術を鍛えはじめた。寿海の与えた過酷には欠けていた凶暴や憎悪を魂に灯し、一心不乱に——否、一心と呼べるものさえ失くして、凄まじい鍛錬の日々に入りはじめた。

それは努力という言葉を、はるかに逸脱した日々であった。

息つく暇もなく、己を厳しく締め上げ続けてゆかねば、憎しみに叫びだし、哀しみに嗚咽が漏れてしまう——そうなったら、自分が壊れてしまう、俺は気が狂ってしまう、動くしかない、息つく暇もなく動き続け、心が震えないよう、一切の言葉が浮かばないよう、動くしか、動いているしか、動き続けているしかない——早く、強く、激しく。

百鬼丸は半ば錯乱に見舞われ、そのように己の刃を鍛え、鍛え、鍛え上げて、やがて、底光りを帯びるようになって来た。

激しい憎悪と追慕の合間から、魂に深く灯るものが現われだしたのだ。

そうして、それに伴い、叫びと嗚咽が遠のきはじめ——百鬼丸は、影よりも昏い気配を放つものとなった。

百鬼丸はそれからまた山を降りたが、百鬼丸を温かく迎え入れてくれるものはやはりなかった。

どろろ／化け物小僧／人の姿をした得体の知れないもの。

百鬼丸はそのようなものとして見られ、怖れられ、追いやられ続けた。

そうした中で、やがて一匹目の魔物に出会い——討ったが、やはり、
どろろ／化け物小僧／人の姿をした得体の知れないもの。

百鬼丸はそのようなものとして見られ、怖れられ、追いやられ続けた。

一匹目の魔物に出会った時、百鬼丸は恐怖も何も覚えなかった。ただ、斬るべきもの、否、斬ってもいいものとして、まず映った。

体を取り戻したくもあった。世人と異なる体ゆえに、奇異の目で見られ、怖れられる、それはやはり忌まわしいことであったからだ。

が、その時の百鬼丸は、そのためだけに魔物を討とうとしたのではなかった。百鬼丸はそもそもの原因であった四十八の魔物が憎く、そして、蔑み見る里人達が憎かった。が、里人達を斬る訳にはいかなかった。それでは、もう一方で憎かった『戦』と同じところに陥るからだ。けれども。

——魔物は、斬って良かった。

その頃の百鬼丸は魔物への憎悪の上に、里人への憎悪も、『戦』というものへの憎悪も重ねて、牙を剝き呪詛《じゅそ》の言葉を叫ぶが如くに魔物に斬りかかっていた。

(何故、俺がこんな目に合わなけりゃ……!? 何故、俺が。何故、俺が……!)

そう繰り返しながら旅を続け、そうしてやがてある秋の日に、切《せつ》、という琵琶《びわ》の音を聞き、地獄堂を垣間見て——、

「お前さんの目当ては、魔物を倒すことか、元の体を取り戻すことか、どちらか」

——そう問われ、返答に窮したのである。

「お前にゃ関係ねえ……!」

百鬼丸は、それからまた孤独な旅を続けた。

そうして、その旅の中で、どうやら里人らは本当に自分を怖れているらしいと見出し、さらに孤独をつのらせていった。

恨んでいる間は、孤独はあまり感じなかった。

その恨みが萎《しぼ》んでしまったことが、百鬼丸を哀れなところにまた追い込んだ。

それからの百鬼丸の旅は、その一歩ごとに孤独を深めてゆくものとなった。

そうして、やがてある雪雷《ゆきがみなり》の轟く晩に——、

どろろと出会ったのだ。

どろろはその話を聞き、酷くつまらなそうに、吐き捨てるように言った。

「何でぇ……一体どんな話かと思やあ、惚れた腫《は》れたの話かよ……⁉」

もし、その時――妬《や》いてやがンのかい――とでも言うものがあったら、どろろはそう口にしたものを半殺しの目に遭わせていただろう。その時、どろろは間違いなく嫉妬を覚えていた。しかし、絶対にそれを認めようとはしなかった。

どろろは『男』だからだ。自分に月のものがあることを断固として認めようとしないために、それが来る前の年頃に留まり続けている『少年』であったからだ。

どろろは百鬼丸から顔を背け、苛立ったように醍醐領の彼方を見やった。

「また、うすらデカくなってやがる……！」

はるか彼方、闇の中に、巨大な城が建っているのが望まれた。

百鬼丸はどろろの心のうちを見て、言った。

「お前は……醍醐の方に恨みがあンだな？」

「あるどこの騒ぎじゃねえッ！」

どろろは寄木細工の鞘から小刀を抜き、力の限りにばんもんに突き立てた。

百鬼丸は、どろろの記憶を見て取った――。

＊

十三

どろろの村が燃えていた。

その炎の中を、『蛇の巻きついた剣』を染め抜いた黒い旗が行き交っていた。

荒ぶり浪打つ紅蓮《ぐれん》と漆黒——その様を、どろろは村の隅に建つ祠《ほこら》の中から見、そして方々から閃く村人らの悲鳴を耳にしていた。

どろろは震えていた。

昨日笑っていた人が、髪に火をつけて転げまわっていた。

歌を教えてくれた姐《ねえ》ちゃんが、体を真っ赤にして動かなくなってしまった。

その時、どろろは丁度、百鬼丸が『水』の中から出てきた折ほどの年頃であった。

傍らにはどろろの母があり、母は村人らが次々と斬り伏せられてゆく様を、両の目を見開いてしっかりと覚えておくよう、どろろに言い聞かせた。

「目をそらすんじゃないよ。今日のことをしっかり目と心に刻み込んどくんだ……！」

どろろの生まれた村は、旧金山領内の樺井領との境近くにあった。

旧金山領は旧室戸領と樺井領に大きく接し、磯部領とはほとんど接していなかった。

一方、旧室戸領は旧金山領と磯部領に接し、樺井領とはほとんど接していなかった。

つまり、大雑把に言えば『田』の字を描くように四つの国があり、旧金山領と磯部領、旧室戸領と樺井領が対角に位置するようにあった訳である。そうして旧金山領と旧室戸領が一つの醍醐領となり、醍醐領は磯部領と樺井領の両方と接することとなった。

その黒い『蛇』達は、蝗のように突然やって来た。

磯部に対しては室戸が生きていた頃から防衛線が張られていたが、その磯部が樺井と同盟を組みそうな情勢となり、醍醐は樺井側に対しても強固な防衛線を張っておく必要に迫られた。その頃、醍醐は磯部でも樺井でもなく、もう一方で境を接していた栂尾《とがのお》という男の統《す》べる国と戦っていたが、その栂尾との決着を見ない間に樺井と磯部の同盟軍から攻め込まれる訳にはいかなかった。樺井一国であれば特に怖れることはなかったし、磯部側にはすでに鉄壁の防衛線が張られてあったが、樺井／旧金山国境の側から磯部が攻めてくるというのであれば、話は違った。どろろの村は樺井側から攻め込まれて先に押さえられてしまえば、地勢的にのちのち醍醐にとって面倒なことになりかねない位置にあった。金山の鉄を獲られる訳には、断じてゆかぬ。そこでその国境線を固めておくことをまずは優先し、国主自らがどろろの村へと兵を率いて乗り込んできたのである。

恐ろしい男だった。

黒ずくめの国主は村に入ってくるなり、兵達に短くこう告げた。

「焼け」

どろの村は問答無用で火を放たれた。そして、訴えに出たものも、歯向かいに出たものも一切区別なく、放火を遮ろうとするものは次々と斬り殺されていった。

村を残し田畑《でんばた》を残しておけば、万が一、樺井・磯部らにそこを獲られてしまった場合、敵を長く居座らせる有用な資源となるかも知れなかった。そこで村を焼き、田畑も全て潰して、新たに強固な砦《とりで》だけを築くという道が選ばれたのだが、無論、幼いどろろには、そうした事情も背景も何も解らなかった。ただ、お母ちゃんに言われたとおりに、

「あの顔を……額に十字の傷のある、あの顔を絶対に忘れるんじゃないよ……！」

炎の向こう——黒い馬上にあってゆらめいていたその姿を、脳裏に刻み込んだのだ。

いきなりやって来て村を焼いた男の顔を。

額に十字の傷のある——醍醐景光《かげみつ》の顔を。

と、その時、祠の背後の壁板がめきりと割り外され、屈強そうな髭面の男が顔を半ば突っ込んで来た。

「こっちだ！　裏の山から逃れるんだ……！」

「お父ちゃん」

どろろの父——名を、火袋《ひぶくろ》といった。母の名は、お自夜《じや》といった。

それから火袋とお自夜は、生き延びた他の村人らとともに野盗の身となった。どろや隣家の赤子、年端もゆかぬものらを含めて四家族十一名——それだけの数がまとまって焼け出されてしまっては、どこの誰に施しを頼れる見込みもなく、火袋らは野盗となるしか生き延びてゆく道がなかった。

とはいえ、そもそも野盗となろうと言いだしたのは火袋でもなければ他の村人達でもなく、その流離《さすらい》の道行きの中で出会った『鼬《いたち》』という男——火袋の強さを見初めた鼬が甘言を弄《ろう》し、その道に誘い込んだのである。

かくして一行は、火袋を頭《かしら》に据え、鼬を腹心とした十二名の野盗集団となった。

そうして火袋はせめてもの良心を最後の一線で保つよう努めながら、主に旧金山領の中を転々として行った——のだが、やがて鼬が、

「どうあっても村を襲わねえってンなら、そりゃまあ実入りがいいのは戦場《いくさば》ってことになりまさァね」

そう言い、一行は旧室戸領の栂尾との国境付近に向かうこととなった。

醍醐と栂尾、いずれの兵営であれ、焼け出された村であれ、一つの戦いが去った直後には幾らかの獲物が転がっていた——こうしてどろろは常に戦火の間近にあって、その無惨な有様を見続ける日々を送ることとなったのである。

　そうしたある日、滅びた村を漁《あさ》っていた時、かつて隣家にあった男がいきなりに咽びだした。

「死人掻き分けて獲物漁るなんざ……こんなものァ、鴉や禿鷲《はげわし》と同じじゃねえか！」

　それを聞いて、どろろが言った。

「嫌だ、鴉や禿鷲なんて……おいら、ハヤブサがいい！　なあ、お父ちゃんは何にする？　夜目が利くから角鴟《みみずく》か？　お母ちゃんは泳ぎが得意だから、鵜《う》だな！」

　火袋が笑った。

「水鳥なら、白鷺《しらさぎ》とでも言っといてやりな。お母ちゃんは白鷺か、でなきゃ鶴《つる》だろう。てめえの嬶《かか》ァが真っ黒けの鵜ってのは、そりゃア勘弁しといてくれ」

「そうだな、お母ちゃんは別嬪《べっぴん》だもん、白鷺だったな。ごめんな、お母ちゃん。てえか、そんなら二人まとめて鴛鴦《おしどり》でどうだい？　弱っちそうで、それじゃ嫌か？」

　と、お自夜がどろろの頭を撫でて言った。

「いいよ、鴛鴦で」

　どろろは生来、芯が強く、そして幼くあったゆえに境遇にも早く慣れた。一行の中で最も明るさを保ち、その明るさが周りのもの達の慰めとなっていた。火袋とお自夜は、そうしたどろろを深く愛し、文字通りに己の命の全てを懸けて守り抜こうとしていた。

そして、ある夏の日。

醍醐領と梅尾領の境に沿うよう、蝉時雨《せみしぐれ》の沸き返る深い森の中を火袋ら一行が進んでいた時、彼方から十数騎ほどかと思われる騎馬の一行がやって来た。

軍旗も掲げず、一体どちらの隊かと茂みに隠れて伺ったところ——地形の偵察のため、あえて身分を知らせず、身軽な隊列で動いていたものか、その先頭に黒い馬に跨《また》がった、額に十字の傷を刻んだ男の姿があった。

「醍醐、景光……!?」

隣家にあった男が呻《うめ》くよう呟き、腰に携えていた刀に手をかけた。

その頃、一行は戦の跡から刀や槍を拾い集めて、落ち武者さながらに武装していた。

「馬鹿、よせ……!」

「堪えろ……!」

鼬が言い、火袋が続けた。

だが、他の男達、また夫も子も失った女の一人は、その過酷な日々の中で沸々と発酵させていた恨みを抑えきれず、次々に鞘を投げ捨てて駆け出した。

醍醐景光をいつか討ってやると願っていたのであれば、確かにそれは千載一遇の機会であったと言えたかも知れなかった。が、しかし、それはやはり——迂闊に過ぎていた。

火袋は仲間を見過ごしには出来なかった。火袋はお自夜に、残る女子供を避難させるように言い、醍醐の隊列に向かって駆け出したものらの後を追った。

一方、鼬は——そのいずれにもつかず、舌を一つ打ち、独りで別の方へと逃げ出した。

(あの野郎……!?)

どろろはお自夜に手を引かれ駆けながら鼬を見送ったが、その時、火袋らが向かった方から鈍い悲鳴が聞こえて来た。どろろやお自夜は、岩陰から遠くその様子を窺った。

隊列が乱れていた。

ただ黒い大蛇の頭だけを狙うように、五人の男と一人の女が挑みかかっていた。

しかし、村人らは瞬く間に散っていった。

冷酷な心根のものが見れば思わず噴き出してしまうであろうほど、村のもの達は他愛もなく斬り殺されていった。火袋以外の五人が、醍醐の兵らに見舞い得た太刀はたった一太刀——打撃らしい打撃を与えることすら出来ず、隣家にあったものらは「無駄に」という言葉を思い起こさずにはおかぬ有様で、哀れに討ち死にしていった。

が、ただ一人残った火袋は、三人の兵を斬り伏せた。そうして、

「てめえらには用はねえッ!」

そう叫んだのが、どろろの耳にも届いた。

火袋はもはや、どろ達の元へと駆け戻る訳にはいかなかった。騎馬達を相手に独り逃れることも無理だろう。後はない。ならば、醍醐景光を——よしや殺せずとも、ただ一太刀だけでも、俺が生きて斬った、その傷は俺が付けてやったのだという、その証を奴の身に刻み込んでやる！

そのように固く決意したか、火袋は周りの兵達から刃を受けようと、槍を受けようと、矢を受けようと倒れずに、全身を赤く染めながら獅子の如くに猛り、しぶとく醍醐景光に挑んでいった。

（お父ちゃん）

偉大だった——どろろにとって父は、時に間抜けなうっかりものであることもあったが、しかし、やはりこの上もなく偉大なものであった。

（お父ちゃん、お父ちゃん、お父ちゃん……！）

その父の腕が飛び、喉が貫かれた。

（……！）

火袋は景光に一筋の傷を負わせることも出来ぬままに倒れた。

景光は馬上から降りることとさえせず、火袋を冷酷に見下ろしたまま、その刀を持った腕を断ち切り、返す刀で喉を貫いたのだ。

どろろはそれ以上、目を見開き、見届けておくことは出来なかった。

どろろはお自夜の腕の中で、がくりと気を失った。

そうして一行は四人の女と二人の子供となり、日を追って、さらにその数を減らしていった。

力尽きて行き倒れたもの。

赤子もろとも自害したもの。

自ら女郎屋に駆け込んだもの。

秋が深まった頃には、ついにどろろとお自夜の二人旅となってしまっていた。

どろろは毎日毎日腹を減らしていた。

時には、堪えていた涙が溢れることもあった。

しかし、そうしたどろろに、お自夜は繰り返した。

「泣くな。お父ちゃんが言ったろ、男は泣いちゃいけないんだ……！」

どろろは村を焼け出されて以来、男として育て直されていた。そうしようと、火袋が言ったのである。男の強さを持っていなければ、この暮らしを生き抜いてはいけないと。

お自夜は続けた。

「いいかい、いつかお父ちゃんみてえな本当の男と巡り合うまでは、お前は男のままでい続けるんだ……！　いつか本当の男に出会って、女になりてえって、どうしても女になりてえって思っちまうまでは、お前は男だ。男なら泣くな。女になるまでは、絶対に泣いちゃいけない……！」

そう言っていたお自夜も――間もなく訪れた冬に、力尽きて死んだ。

我が子を冷やすまいと、どろろを懐に深く包み込んだままに。

「……お母ちゃん」

お自夜の胸の中で呟いたどろろの目の前に、鞘と柄《つか》を寄木細工で飾った小刀があった。

お自夜の懐には、いつもそれが挿されてあった。

どろろはまだ母の温《ぬく》もりを残したその小刀を取り、その鞘に涙を零した――が、

「……泣いてねえよ」

と慌てて拭い、それを自らの懐に挿した。

「……俺は、男だからな」

どろろは一面の雪景色の中で、天涯孤独の身となった。

そうしてその後、やがて月のものが来る齢となっても、どろろは断じてそんなものは認めようとしなかった。

どろろはばんもんに突き立てていた寄木細工の小刀を抜いた。そして醍醐の城に背を向け、旧金山領に踏み戻って、百鬼丸と同じようにばんもんにもたれて腰を下ろした。

「お前は、その仇を討つために俺の左の刃を欲しがってたんだな。醍醐景光を――」

「あの野郎だけじゃねえ……！　醍醐の一族郎党全員、皆殺しにしてやるんだ！　野郎の豚みてえな嬶《かか》ァと、多宝丸とかってえらしい猿みてえな倅と、一族みんな……！」

その一族の中には――百鬼丸も含まれていた。

(俺の、父……とは……誰だ？)

修羅鴉を討って以来、繰り返し心中で問い続けていたその答えを百鬼丸が知るのは、そして恨み続けていた仇《かたき》が『兄貴』と呼び慕う連れの父親だったとどろろが知るのは、そのまさに翌日のことだった。

＊

国境。

ただ一枚残った壁の名残りを挟み、どろろと百鬼丸はもたれあうよう座っていた。

否、もたれあって寄り添いながら、今尚残り、そびえ立つ壁に遮られていたのだ。

その時、風向きが変わり、ひゅう、と鳴って――どろろが忌まわしげに洩らした。

「畜生……笑ってやがる……！」

どろろは風を睨みつけて言った。

「俺たちが間抜けだって……地べた這いずり回って、ぶつかりあって、無様に生きてんのが、笑えちまってしょうがねえって……！」

立ち上がり、どろろは無辺の闇に向かって叫んだ。

「うるっせえんだよ、俺たちは生きモンだッ！　生きモンが必死に生きようとして何がおかしいってんだよ、馬鹿野郎ーッ！」

＊

その頃。

闇の中で、数匹の魔物が群れていた。

「あ奴の倅らしい」

と、奇怪な狗《いぬ》のようなものが言い——半人半魔の仔が言い添えた。

「母様に向かって、『てめえに聞け』と……そして、母様は思い当たった風に」

里の女を殺して着物を奪った半人半魔の仔は、その狗のような魔物を訪ねて、親の仇を討つのに力を貸してくれと請うた。そうして狗の如きものがその闇に案内したのだが、しかし、無論、魔のものらはそうした親子の情けにほだされた訳ではなく、

「かの『百鬼丸』を携えておるとはな……一体、何者の仕業やら」

と、巨大な蜈蚣《むかで》のようなものが、ぞろりと蠢いて言った。

「……ならば」

さらに、禿鷲と狒々《ひひ》を捏《こ》ね合わせたようなものが言った。

「こちらから――先手を打っておくか」

魔物らが、動き出した。

＊

また、その頃。

醍醐の城を間近に望む城下町の一隅で、切、と法師がまた一つ琵琶を爪弾いた。

法師は焼け落ちた地獄堂の傍らで、住職の首を見つけた時のことを思い返した。

あの日。

琵琶法師は、断ち切られたその首を見つけた直後――何処からか、声を聞いた。

「これは……久方ぶり」

百鬼丸に四十八の魔物について語った、あの声だった。

「御住職……!?」

琵琶法師は、そこで地獄堂が焼け住職の首が刎《は》ねられた、その顚末《てんまつ》を聞いた。

また、百鬼丸が父親に身を売られ、魔物に体の四十八ヵ所を奪われた顚末を――。

(俺の父は)

——百鬼丸が、また繰り返した。

「醍醐景光……!?」

——往時、琵琶法師は焼けた地獄堂でそう洩らした。

「さよう、かの御仁が四十八の魔と契られた」

——住職は、そう答えた。

「あ奴の倅を殺せ」

——魔物らが、夜闇を駆け抜けながら言った。

(一族郎党全員を……!)

——どろろが、小刀を握り締めて自らをまた駆り立てた。

〝凄まじき朝〟が、近づいていたのだ。

《下巻・第三章『景光』に続く》

映画『どろろ』
2007年１月27日　全国東宝系公開作品

〈CAST〉
百鬼丸　＊　妻夫木　聡
どろろ　＊　柴咲コウ

多宝丸　＊　瑛太
鯖目　＊　杉本哲太
お自夜　＊　麻生久美子

鯖目の奥方　＊　土屋アンナ
チンピラ　＊　劇団ひとり

百合　＊　原田美枝子
寿海　＊　原田芳雄
琵琶法師　＊　中村嘉葎雄

醍醐景光　＊　中井貴一

〈STAFF〉
プロデューサー　＊　平野　隆
共同プロデューサー　＊　下田淳行
原作　＊　手塚治虫
アクション監督　＊　チン・シウトン

監督　＊　塩田明彦

出版コーディネート：TBSテレビ事業本部コンテンツ事業局映像事業部
協力：手塚プロダクション

どろろ　上　朝日文庫

2006年12月30日　第1刷発行

原　作　手塚治虫
©TEZUKA PRODUCTIONS

著　者　NAKA雅MURA（なかむら まさる）

発行者　花井正和
発行所　朝日新聞社
〒104-8011　東京都中央区築地5-3-2
電話　03（3545）0131（代表）
編集＝書籍編集部　販売＝出版販売部
振替　00190-0-155414
印刷製本　大日本印刷株式会社

定価はカバーに表示してあります

ISBN4-02-264382-X

朝日文庫

新宿熱風どかどか団　椎名　誠

本の雑誌社はついに株式会社となる。椎名は物書きの道をどかどか進んでいく。『本の雑誌血風録』に続く自伝的実録小説。（解説・浜本茂）

エイジ《山本周五郎賞受賞》　重松　清

連続通り魔事件の犯人はぼくのクラスメートだった……。家族・友情、初恋に揺れる一四歳・少年エイジの物語。（解説・斎藤美奈子）

繋《つな》がれた明日《あす》　真保裕一

この男は人殺しです――仮釈放となった中道隆太を待ち受けていた悪意に満ちた中傷ビラ。誰が何の目的で？「罪と罰」の意味を問う。

官能小説家　高橋源一郎

森鷗外と樋口一葉の「不倫」を軸に、明治と現代、ふたつの文学空間が睦みあう、著者初の超官能小説！（解説・山田詠美）

女流作家　西村京太郎

ミステリー小説界で不動の位置を占める著者が「山村美紗さんに捧げ」て書いた衝撃の自伝的小説。（解説・郷原宏）

にぎやかな湾に背負われた船《三島由紀夫賞受賞》　小野　正嗣

とある海辺の集落「浦」を舞台に、教師と恋に落ちた少女や奇妙な四人組の老人などが紡ぎ出す、半世紀あまりの記憶と現在の物語。〔解説・柴田元幸〕

朝日文庫

部長の大晩年
城山三郎
三菱製紙高砂工場の部長を五五歳で定年退職後、俳句や書に生きがいを求め続け、九七歳で大往生をとげた永田耕衣の人生を描く。

蕪村春秋
髙橋 治
与謝蕪村の豊潤多彩な世界を読み解いた、著者念願にして会心の蕪村論。斬新な視点が、蕪村との新たな出会いを生む。（解説・尾形仂）

ゆめはるか吉屋信子（上）（下）
秋灯（あきともし）机の上の幾山河
田辺聖子
読者の支持と社会的偏見を一身に受けた吉屋信子初の本格的評伝。近代女流文学史としても読み応え十分。（解説・斎藤美奈子）

荷風極楽
松本 哉
無頼、放蕩、女三昧にして名文家……時世に背を向けつつ、時代を謳歌した荷風を描出し得た、豊饒な荷風評伝。

力道山がいた
村松友視
戦後最大の不世出のヒーロー、力道山を知り尽くしているつもりの人も、全く知らない若き格闘技ファンも楽しめる、本格的評伝。

あなたみたいな明治の女《ひと》
群ようこ
森鷗外の母・峰子、愛鶏家の高群逸枝。現代女性と同じような感覚で明治時代を生きた女性たちを、紹介する評伝集。